那个住在水晶城堡里的全世界最漂亮的小公主。

那个我心底永远最骄傲耀眼的大明星。

那个我曾经用尽整个青春唯一深爱过的女孩。

沈冰清。

愿你往后余生平安顺遂，健康快乐，再不忆起过往的缺口，只管拥抱今后幸福的人生。

最后，不妨把回忆和遗憾全部都留给我

沈清清，新婚快乐。

有爱的青春陪伴者

清清

孟栀晚 著

贵州出版集团
贵州人民出版社

图书在版编目（CIP）数据

清清 / 孟栀晚著. -- 贵阳：贵州人民出版社，2024.5
ISBN 978-7-221-18324-8

Ⅰ.①清… Ⅱ.①孟… Ⅲ.①长篇小说-中国-当代 Ⅳ.①I247.5

中国国家版本馆CIP数据核字(2024)第090890号

清清
QINGQING

孟栀晚 / 著

出版统筹	陈继光
选题策划	大鱼文化
责任编辑	潘　媛
特约编辑	周丽萍
装帧设计	刘　艳　孙欣瑞
封面绘制	廿一ovo　我还未老　蒜香鹅鹅煲
出版发行	贵州人民出版社（贵阳市观山湖区会展东路SOHO办公区A座邮编：550081）
印　　刷	天津睿和印艺科技有限公司
开　　本	880毫米×1230毫米　1/32
字　　数	216千字
印　　张	9
版　　次	2024年5月第1版
印　　次	2024年5月第1次印刷
书　　号	ISBN 978-7-221-18324-8
定　　价	45.80元

贵州人民出版社微信

版权所有　盗版必究。举报电话：策划部0851-86828640
本书如有印装问题，请与印刷厂联系调换。联系电话：022-29432903

楔子　／"慢冷"　001

"怎么先炽热的却先变冷了，
慢热的却停不了还在沸腾着。"——《慢冷》

第一章　／冰袋　006

"只有幼稚的人才会用暴力解决问题。"
"沈冰清是个幼稚鬼。"
——谢泽阳的日记

第二章　／同桌　011

"她真的好像一个橘子。"
——谢泽阳的日记

第三章　／谢阳阳　016

"齐辉说我被她绑架了，好像真的是这样。"
——谢泽阳的日记

第四章　／晕血　022

"水晶城堡里住着一个全世界最漂亮的橘子公主。她的名字叫沈冰清。"
——谢泽阳的日记

第五章　／烦恼　029

"她说，希望我每天都开心。这样她就没有烦恼了。"
——谢泽阳的日记

第六章　／发烧　034

"吃了橘子糖，是不是就不会那么难受了。以后不要再生病了，沈清清。"
——谢泽阳的日记

第七章　／礼物　042

"也希望你每天都开心。晚安，沈清清。"
——谢泽阳的日记

目录 / contents

第八章　/ 愿望　052

"沈清清，我想和你一起去市实验中学。我真的很想很想，可以永远和你在一起。"
——谢泽阳的日记

第九章　/ 酸涩　058

"她说，和我做同桌，她并不开心。"
——谢泽阳的日记

第十章　/ 离别　069

"她要转学了，我没敢抬头看她。我想和她说话，却什么都没能说出口。"
——谢泽阳的日记

第十一章　/ 想念　077

"沈冰清，我很想你。连我自己都不知道，我会这么想你。"
——谢泽阳的日记

第十二章　/ 重逢　084

"我今天来十六班了，来给江萌送作文纸。但我其实更想来见她，我真的好想念她。"
——谢泽阳的日记

第十三章　/ 道歉　094

"真正让我难过的是，原来，丁峻明在她心里这么重要。"
——谢泽阳的日记

第十四章　/ 原谅　100

"沈清清，我原谅你了。"
——谢泽阳的日记

目录 /contents

第十五章　/ 腿伤　105

"你不会知道，其实我有多希望，你是来给我送药的。"
——谢泽阳的日记

第十六章　/ 发绳　110

"今天，我给她绑头发了。"
——谢泽阳的日记

第十七章　/ 欢送会　118

"我看到她骑车载一个男生回家。他们穿了同款的运动鞋。"
——谢泽阳的日记

第十八章　/ 球赛　125

"她说，她这个人，向来一视同仁。"
——谢泽阳的日记

第十九章　/ 心痛　132

"我今天对她发脾气了，因为生她的气。但其实我更生自己的气。"
"沈清清，对不起。"
——谢泽阳的日记

第二十章　/ 雪天　140

"北京下雪了。"
"我背她去医院，她发现我的腿受伤了，一直在哭，哭得很凶。"
"她好像很担心我。"
——谢泽阳的日记

目录 /contents

第二十一章　/ 流星　150

"沈冰清，如果流星有魔法，心愿能实现。那么我的心愿是，我想留住每一刻，我和你在一起的时间。"
——谢泽阳的日记

第二十二章　/ 离别　167

"丁峻明对我说，我配不上她。"
"我知道的，我一直都知道。"
"所以，我放手了。"
——谢泽阳的日记

第二十三章　/ 想念　192

"希望你可以遇到一个你很喜欢的人。我的愿望是，我希望沈冰清所有的愿望都可以实现。"
——谢泽阳的日记

第二十四章　/ 错过　203

"沈清清，这次我跟着你走了很久很久的路。"
"但我好像只能跟你到这里了。"
"你不让我再往前走了。"
——谢泽阳的日记

第二十五章　/ 新婚快乐　221

"不妨把回忆和遗憾全都留给我。沈清清，新婚快乐。"
——谢泽阳的日记

沈冰清番外 / 不可能的人　231

"我初恋喜欢的那个人，是一个很优秀的人。他是一个无论我怎么努力，都没办法追上的人。一个明明知道我追不上他，却永远不会停下脚步等我的人。"
——沈冰清的心声

谢泽阳番外　/ 若我年少有为 262

丁峻明番外　/ 以友之名 266

作者后记　/ 有缘再见 278

楔子 /"慢冷"

"怎么先炽热的却先变冷了,
慢热的却停不了还在沸腾着。"——《慢冷》

"下面播报一则影视资讯,由魏宏执导,沈冰清、洛闻远主演的电影《清清》将于近日开启点映,这也是编剧江萌首次创作的青春暗恋题材作品,敬请期待。"

暖气开足的出租车里,司机按响了新闻广播。窗外是北京城流光溢彩的夜,街灯亮如白昼,透过交错的树木枝丫,投下满地斑驳的碎影。

听到资讯内容,谢泽阳下意识地摘下了蓝牙耳机。一则新闻播报完毕,司机忽然切换了频道,有轻扬的音乐传出,温柔缠绵的歌声瞬间充斥了空气闷重的车厢。

是梁静茹的《慢冷》。

"怎么先炽热的却先变冷了,慢热的却停不了还在沸腾着。"

谢泽阳偏头看向窗外,路灯洒下的鹅黄光晕中,有细雪纷纷扬扬地飘落。不知不觉间,出租车驶过五道口,刚好路过清华大学的校门口。

他恍惚想起高二那年,学校组织他们来北京参加竞赛集训,沈冰清拉着他偷偷跑出集训基地,一定要带他来清华看一看。

她举起手机偷拍他,又捂住屏幕凑到他面前,故作神秘地问他:"谢阳阳!你猜我拍到了什么!"

"我拍到了你和你的月亮!
"平安夜快乐,谢阳阳!
"希望你所有的愿望都可以实现!"
那天同样下着雪,女孩迎面扑过来,甜美稚气的笑容融化在朦胧柔亮的灯影中,像夜空不小心抖落的星光,猝不及防地跌进了他的眼睛。

转眼间,距离他们的十七岁,竟然已经过去快十年了。
当初许下的那些愿望,如今都实现了吗?
曾经的他足够贪心,在心里默默许下过很多愿望。
比如,考上清华,学自己最感兴趣的物理专业。
比如,找到一份足够体面、薪水足够高的工作。
比如,不再受制于环境,让妈妈过上好日子。
再比如……沈冰清。
他喜欢沈冰清,想要和她,永远在一起。

"看时光任性快跑随意就转折……慢冷的人啊,会自我折磨。"
歌曲旋律仍旧萦绕耳畔,声声阵阵,牵引着谢泽阳的思绪渐渐飘远。

半个小时前,谢泽阳代表公司在北航结束了一场毕业生就业宣讲会,和好友许澄光约在附近的 KFC 见了一面。
他望着许澄光推到他眼前的行李箱犯愁:"所以这就是你说的,有特别重要的事让我办,非得大半夜约我见个面?
"你知不知道有个东西叫快递?"
"我知道。"许澄光回答,"这不是有你在吗,要快递干吗?你帮我把箱子带过去，等我到了 L 市请你吃饭。"

许澄光挑眉说道："东西不沉，运费又贵，还不如请你吃个饭。这样既把东西送过去了，又能顺便让咱俩感情巩固，友谊升华，多好。"

"真不用。"谢泽阳划动手机，操作完毕后，给他看了眼屏幕，"给你约了顺丰上门，不用客气。"

许澄光："服了。老谢，这么多年过去了，我发现咱俩的代沟只增不减。

"你这次不是要在 L 市多待一段时间吗？正好过段时间我要去参加个婚礼，到时候咱们可以一起四处逛逛。

"时间过得真快，我这半年都参加好几场婚礼了。老谢，你现在到底有情况没？"

谢泽阳低头抿了口橙汁，淡淡道："没有。"

许澄光："之前我还和萌萌说，这些年有哪些女生喜欢你，我都见过，也都知道。什么类型的都有，你哪个都不喜欢，说真的，我还真不知道你到底喜欢什么样的。

"然后萌萌问我，确定都知道吗？

"她说，也许有我不知道，你也不知道的人，也曾经喜欢你，而且特别喜欢。

"我问她是不是知道点儿什么，她不告诉我。"

谢泽阳举着饮料杯的动作一顿。

许澄光："不过话说回来，你是真打算自己过一辈子了，谢道长？

"上次和沈冰清聊天，我还问她能不能帮你介绍一个。

"她说没问题。"

许澄光一边说着，一边点开微信聊天界面，把手机屏幕递给谢泽阳看。

谢泽阳目光顿了许久，忽然问："她还在用这个微信号？"

许澄光："是啊，她一直在用。

"她前两天不是还发朋友圈宣传新电影了，你没看到？"

谢泽阳沉默，摇了摇头。

"我上次问她和你是不是微信好友，她说是。那估计是她把你屏蔽了。"许澄光疑惑，"她屏蔽你干吗？"

"不知道。"谢泽阳垂下眼，低声说道。

高中毕业后，他没看到过沈冰清发的朋友圈，也同样屏蔽了她，不让她看到自己的朋友圈。

他不清楚自己被她屏蔽的原因，却一直记得自己屏蔽她的原因。

她一向大大咧咧，可能早就忘了自己的好友列表里有多少根本没联系过的老同学。

他不想让她看到自己发的动态，是怕她某天突然想起他还在她的好友列表里，然后删了他。

出租车上，司机师傅突然开口，拉回了谢泽阳的思绪："这是打算元旦放假出去玩？"

"去出差。"他说。

"去哪儿出差啊？"

"L市。"

司机师傅："我老家就是L市的，沿海城市，环境好，人待着也舒服。前几年我女儿考大学，我就想让她留在L市。

"结果她非要去远的地方看看，飞去广州了。"

司机师傅握着方向盘感叹："广州离L市远啊，她还天生爱玩，寒暑假到处跑，几乎从来不回家。

"一个从小就说最喜欢雪的姑娘,上了大学之后,竟然没回东北看过一次雪。

"你说气人不?"

一个从小就说最喜欢雪的姑娘,上了大学之后,竟然没回东北看过一次雪。

闷重黏稠的空调暖风让人滋生了乏意,谢泽阳抬手揉了揉眉心,脖颈仰靠在椅背上,缓缓闭上了眼睛。

窗外寒风凛冽呼啸,强劲而规律地敲打着车窗,催促他陷入了潮水一样的梦境。

往事似水如烟,回忆凝结而成的梦境仿如幻象,梦里满是他触不到的沈冰清。

第一章 /冰袋

"只有幼稚的人才会用暴力解决问题。"
"沈冰清是个幼稚鬼。"

——谢泽阳的日记

"下面汇报一下今天的小组扣分情况。

"各组同学的整体表现比昨天好了很多,几乎没有再出现自习课说话的现象。

"唯一表现不好的是八组的沈冰清同学,语数外三科作业全部没写,每科扣20分,一共扣60分;中午在走廊打扫卫生期间,和二班女生打架,扣20分;下午在教室不穿校服,扣20分。合计扣100分。"

傍晚时分,初一(1)班的"夕会"上,作为班长的谢泽阳站在座位前,拿着班级记录手册汇报今天的小组扣分情况。

"我不同意!有你这么乱扣分的吗?"沈冰清从他斜后方的座位上猛地起身,气势汹汹地朝他冲过来大喊道。

"沈冰清!回座位!"班主任立刻高声制止。

周围几个同学马上站起来,把沈冰清拉回到她的座位。

"行,你给我等着!"被拽走前,沈冰清目光紧盯着谢泽阳,对他说了这样一句话。

谢泽阳睫毛颤了颤,在汇报结束后默默坐下,只当作什么都没有发生过,翻开数学练习册继续写作业。

自从学期初他担任班长以来，班级同学中最让他头疼的，一直都是这个既爱惹祸又不服管，总是处处和他作对的沈冰清。

她不爱学习，不守纪律，是班级里公认的扣分大王。学期初班主任划分小组的时候，每个组都不肯要她，最后只有八组的组长江萌举了手。

但其实谢泽阳并没有很讨厌沈冰清。

因为他发现她为人很讲义气，就像今天中午她和二班女生打架，起因是二班女生在值日的时候欺负了江萌。

但班主任还是把沈冰清的家长叫来了学校，连带着她犯过的大大小小的错误对她进行了严厉批评。自习课前，谢泽阳去老师办公室送作业，在路过楼梯间时，看到她的爸爸狠狠打了她一巴掌。

然而后来她回到教室里，江萌焦急地问她有没有事时，她却只是笑，说自己什么事都没有。

下课铃声响起，谢泽阳收拾好书包走出教室。

"哎，班长大人，我告诉你一个秘密。"他正挎着书包往教学楼外走，同班男生齐辉突然从他身后追上来，"咱班同学有个你没在的群，这事儿你知道吗？

"是沈冰清建的。

"听说沈冰清小学的时候是校霸，认识不少混混。她昨晚在群里扬言，说如果今天你给她扣超过100分，她就找人堵在校门口揍你。

"她还说——

"说你细胳膊细腿儿的，跑两步就喘，她一拳就能把你打趴下……

"你可千万别告诉她是我和你说的啊……"

幼稚鬼。

听完,谢泽阳腹诽一句,扯起嘴角笑了笑说:"好,我知道了。"

当谢泽阳走到校门口,看到几个染发的男生朝他走过来时,发现齐辉所言属实,沈冰清的确叫了人堵他。

"你就是谢泽阳?"

"听说你欺负我清姐,还给她扣了100分?"

"你挺能耐啊!"

几个男生上前问话,语气嚣张。谢泽阳没有理会,只当作看不见他们,继续往前走。

站在最前面的男生恼羞成怒,突然伸手拽住谢泽阳的校服衣领:"我问你话呢!"

"把手松开。"谢泽阳没了耐心,停下脚步,看着眼前的男生。

"你做梦……哎,疼疼疼!松手!松手!"

男生的手掌被谢泽阳扯住,谢泽阳稍稍使力,男生便疼得龇牙咧嘴,连声道歉:"我错了!我错了!兄弟!求你松手!"

谢泽阳松开手,问挡在眼前的几个男生:"还有事吗?"

"没事了!我们先走了!"

几人说完便转身跑开。

谢泽阳无奈地摇头,注意到沈冰清正站在不远处的树荫下,咬着雪糕,偷偷朝他的方向看。她神色好奇,脸颊上挨打留下的红肿依旧明显。

他转身走进路边的药店,拿了几张帮妈妈买的膏药,在路过摆放冰袋的货架时脚步一顿,顺手拿起一个冰袋,去收银台结账。

走出药店,他看到沈冰清正和那几个男生聚在树荫下窃窃私语。

"怎么样?"

"不怎么样！打不过！不打了！"

"你们打他了？"沈冰清一惊，"我不是说就吓唬他一下吗！"

"没打！我就拽了他衣领想吓吓他，结果手指头差点被他掰折了！你这个班长不像善茬，估计挺能打……"

男生说着，突然回头看到谢泽阳，连忙说："那个，他朝咱们走过来了，估计是要找你算账。"

"我们先走了，你自己随机应变哈！"男生说完，便招呼其他几个同伴拔腿就跑。

沈冰清气得跳脚："你们……什么人啊！真不够意思！"

看着谢泽阳走来，她硬着头皮挥手和他打招呼："那个，嗨！好巧啊！"

谢泽阳走到她面前，左手拎着一袋药，右手忽然抬了起来。

"哎哎哎！你干吗？"沈冰清立刻后退几步，故作淡定地说，"我告诉你啊！我打架特别厉害，我不怕你的！"

沈冰清说话声音响亮，腿却有点发软。她正本能地想往后退，左侧脸颊被猛地一冰。

他手里捏着冰袋，将它按到她的脸颊上。

"嘶——"沈冰清被冰得倒吸一口凉气，抬眼有些心虚地问，"你……你干吗？"

他言简意赅："冰敷消肿。"

沈冰清呆呆地愣在原地。

"不是你向老师举报我打架的吗？还给我扣了那么多分，干吗给我买冰袋？"

"我知道不是你的错，但动手打人不对。"谢泽阳淡淡道，"只有幼稚的人才会用暴力解决问题。"

"你才幼稚！"她立刻反驳。

谢泽阳不想理她，转身就走。

"你就是公报私仇，故意给我扣那么多分！"沈冰清站在他身后，怒气冲冲地冲他喊，"谢泽阳！

"咱俩没完！

"你别以为一个冰袋就能收买我！"

她真的好吵。

这是谢泽阳对沈冰清的第一印象，也是一直以来对她的印象。

她一直很吵，长大当了明星之后也一样。

以至于在他们分别后的许多年里，他总是习惯用手机播放她的声音入睡，仿佛只有这种吵，才能够给予他内心最温暖宁静的力量。

第二章　/同桌

"她真的好像一个橘子。"

——谢泽阳的日记

"听说咱班有同学找人放学后在校门口堵班长,挺厉害啊!"

"还建群骂班长。"

"是吧,沈冰清?"

"要是没有班长,你们得松散成什么样?不只是班长,咱班其他班委也一样,他们做的任何事不是为了你们好?"

"你们去别的班问问,看别的班的老师、别的班的班长管你们吗?去问问!现在就去!"

不知是谁向班主任告了沈冰清的状,第二天下午的班会课上,班主任大发雷霆,所有同学都端正地坐好,埋着头不敢说话,教室内鸦雀无声。

"所有人都听好!以后谢泽阳扣的任何分数,只要符合规定,任何人不允许有异议!"

"而且从今天开始,谢泽阳不仅有给每个人扣分的权力,还有给每个人加分的权力。"

"我现在给每个人发一张加减分细则表,以后每一次加分和扣分,都由班长按照这张表严格执行!"

"谁再对谢泽阳有意见,就是对我有意见!"

"凭什么!"沈冰清撇嘴小声嘀咕一句,就听见班主任开启了下一个话题。

"今天重新调整一下座位。

"沈冰清,你和谢泽阳坐一桌。"

沈冰清猛地抬头:"我不要!为什么啊,老师?"

"为了帮你好好学习,提高成绩!"班主任神色愠怒,显然气还没消。

沈冰清:"不用了老师,我不需要提高成绩,真不需要……"

班主任:"不需要就给我收拾东西回家!我现在就给你爸打电话!"

"别!别打!我换,我这就换……"

沈冰清一边愁眉苦脸地掏出书包收拾东西,一边念念有词地咕哝着:"老师您太贴心了,我谢谢您……"

谢泽阳对这个突如其来的同桌很不习惯。

沈冰清上课总是开小差,不是玩尺子就是玩橡皮,玩一样被老师没收一样,最后桌上的文具就只剩下一支笔,她又开始拆笔玩……

直到仅剩的一支笔也被没收了,她实在闲得无聊,就侧过头托着腮看他记笔记,突然说了一句:"班长,你字写得真好看。"

她眨着一双清澈的眼睛,神情很认真地对他说:"老师说我写的字像小猫团的毛线球。"

谢泽阳抬起头,迎上她的目光。

她的眼睛很大,长长的睫毛扑闪扑闪的,像整齐的小刷子,在白皙的皮肤上投下浓密的暗影。教室里开着灯,她漆黑的瞳仁里倒映着灯光，显得格外亮。

谢泽阳移开视线，正准备瞥一眼她书上的字，一道凌厉的声音突然从讲台上传来。

"沈冰清。"

她猛然抬头。

"站着听。"老师面无表情地开口。

谢泽阳看见她缓缓耷拉下嘴角，把头重重地栽进课桌里，又十分无奈地从座位上直起身，垂着脑袋抱着书站了起来。

讲台上，老师转过身开始在黑板上写板书。谢泽阳没再看她，继续低头记笔记，刚写完一个"解"字，手上的动作被耳边突然响起的声音再次打断。

"班长！班长！"沈冰清一边瞄着讲台上老师专注写板书的背影，一边偷偷把自己的课本转过来展示给他看。

"像吗？"她小声问他，脸上写满了好奇。

谢泽阳刚把目光投在她的课本上，立刻不由自主地被字迹下方空白处她留下的"大作"所吸引。

空白处有一个用红笔画的"旺仔"，这个"旺仔"穿着花棉袄和花棉裤，看上去特别喜庆，而且露出一个夸张的龇牙笑的表情。

"像吗？班长？"见他迟迟没有回应，她又问了一遍。

"嗯。"他抿着唇，憋住笑，轻轻"嗯"了一声，然后匆匆转回头。

下午自习课上，谢泽阳正低头写作业，注意到一直趴在桌子上的沈冰清突然直起身，她目光警惕地扫视了一圈四周，然后悄悄从桌箱里掏出一个豆沙面包递给他。

"班长，你饿不饿？我这儿有好吃的！"她说。

"不饿。"他回答。

"那你渴不渴？我这儿有酸奶！"

"不渴。"

"你想吃糖吗？我这儿有棒棒糖！橘子味的，超级好吃，我最喜欢吃橘子糖了！给你一根，要不要？"

"不要。"

"不行，你必须要！"

谢泽阳终于"啪"地放下笔，抬头一副"你到底要怎么样"的表情看向她。

他态度冷漠，她的气势瞬间弱了下来。

她放轻声音说："那个……咱俩之前不是发生了点不愉快吗？"她立刻抬高音量补充，"主要是我的问题！我向你道歉！等放学回家我马上把群聊解散！我保证！"

她可怜巴巴地把手里的糖往他眼前递了递："你就把糖收下吧！不然就是不接受我的道歉。"

"好。"

谢泽阳无奈地接过糖，将它放在一边。

"班长……"

谢泽阳："又怎么了？"

沈冰清："你看，咱俩都和好了！

"咱俩都是可以共享零食的关系了！

"能给我加点分吗？"

谢泽阳："……"

他把加减分细则表拿出来给沈冰清看，用手指戳了戳其中一项，上面清晰地写着：自习课说话扣10分，经提醒能及时改正的，可以酌情不扣或少扣。

"想扣分吗?"他问。

沈冰清连忙摇头,乖乖闭嘴。

"班……"

没安静一会儿,她忍不住又要说话,伸着脖子把脑袋探了过来。谢泽阳拿起扣分表往她面前一挡,丝毫不留情面。她一噎,立刻把话咽了下去,崩溃地仰头长叹一声,把头狠狠扎进了课桌里。

谢泽阳继续低头写作业,余光瞥见放在桌角的橘子味棒棒糖,又瞥见身边穿着橙色羽绒服一动不动蜷成了一颗橘子的沈冰清,笔尖顿了顿,终于忍不住笑意,眉眼轻轻弯了起来。

第三章　/ 谢阳阳

"齐辉说我被她绑架了,好像真的是这样。"
　　　　　　　　——谢泽阳的日记

　　随着寒冬临近,期末考试将至,各个学科都步入紧锣密鼓的复习阶段。大大小小的晨考、随堂考、周测……繁杂令人疲惫的考试之余,各科老师对错题修改的要求变得越发严格。

　　"鉴于这几天英语晨考不合格的人数增加的情况,以及语文晨考有人交白卷的现象,传达一下班主任老师对各科晨考更正的要求。

　　"从今天开始,各科晨考不合格的同学需要把晨考的正确答案抄十遍,抄完交给自己的组长,组长收齐后交给课代表。

　　"不交的同学扣 20 分,第二天还交不上的,扣双倍分数。"英语课代表站在讲台上严肃地宣布道。

　　"啊?不要啊!"

　　"十遍……这也太变态了吧……"

　　教室里瞬间哀号声一片。

　　"课代表,我有意见!"齐辉忽然举起手,语气欠欠道,"我觉得扣 20 分有点少,咱班不是一直规定晨考只要不是全对就得扣 10 分吗?这都不合格了,扣 20 分少了点吧?我看应该直接扣 50 分!"

　　"齐辉你缺不缺德!"

他话音刚落，同学们群起而攻之。

沈冰清转过手里的圆珠笔，猛地戳了下齐辉的后背："你能不能闭嘴！"

齐辉得意地耸肩。

谢泽阳发现，一整天的时间里，身旁的人一直埋头写个不停，连课间都没有休息过。对一个各科晨考都不合格的人来说，抄十遍晨考答案的确是个不小的工程。

"班长……你能帮我写一遍语文晨考的正确答案吗？"沈冰清忽然问他。

谢泽阳笔尖顿了顿。

沈冰清："我不会改……而且我数学还没抄完。"

见他不搭腔，沈冰清喋喋不休，眨巴着眼睛苦苦哀求："班长……"

谢泽阳无奈："……把你的卷子给我。"

沈冰清眼睛一亮，把晨考卷递给他："谢谢班长！"

谢泽阳低头帮她改晨考，注意到一个小橘子被她一点一点推到了他面前。

"我从家里带的，超级好吃！你吃一个！"

"不用了。"他淡淡道。

"真的超级好吃！你现在不想吃的话，就等想吃的时候再吃！"她说着，又从书包里掏出一个同样大小的小橘子，剥开皮后往嘴里塞了一瓣。

"班长，我发现你的眼睫毛长得特别好看！"她歪头认真地打量他，边吃橘子边说。

"尤其是在帮我改晨考卷的时候，密密地垂下来，超级无敌好看！"她眼睛弯弯，笑得格外灿烂，语气恳切地补充道，"为了保持这种好看，你以后一定要多帮我改晨考卷！"

放学，他们同路回家，谢泽阳一个人挎着书包在前面飞快地走，沈冰清在后面气喘吁吁地追他。

"班长，你等等我！

"班长，语文作业都留什么了？我又给忘了！

"班长，明天英语的早自主练习，你能不能帮我检查一遍？不然写错了老师又要罚我改！"

她在校门外对他紧追不舍，刚好被来接谢泽阳的谢妈妈迎面撞见。

"阳阳，这是你同学吗？"谢妈妈笑着问儿子。

"是的！阿姨好！"还没等谢泽阳说话，沈冰清便十分热情主动地与谢妈妈打了招呼。

"小姑娘长得真漂亮。"谢妈妈微微弯下腰，抬手摸了摸她的头，亲切地问，"你叫什么名字呀？"

沈冰清甜甜地笑了起来，回答说："阿姨，我叫沈冰清，和班长是同桌！"

"那我叫你清清吧！"谢妈妈伸手去捏她的脸。

沈冰清指了指谢泽阳，又指了指自己说："没错！他是'阳阳'，我是'清清'！"

"谢阳阳！"那天之后，沈冰清就像发现了新大陆，总是喜欢大声这么喊谢泽阳。

早自主练习时间，她杵着胳膊偏头看他："班长，我好无聊啊。

"我们聊会儿天怎么样？

"谢阳阳班长？

"谢阳阳课代表?"

"谢阳……"

谢泽阳被吵得看不进去书，冷着脸抬起头看着她，和每次要扣她分时的表情一模一样。

"你不会要扣我分吧?"她警惕地说，"扣分表里没有这一项，你不能滥用职权！"

"我可以和老师申请加上。"他眨了眨眼睛，不紧不慢地说。

"不行！你不能这样！"

谢泽阳合上书，翻开手边的班级簿准备记录今天的出勤人数。沈冰清以为他要给她扣分，伸手一把将本子抢过来，只听见"咔嚓"一声，班级簿的封皮被撕成了两半。

他愣愣地看着被撕毁的班级簿封面，注意到她立刻把头埋了下去，乖乖坐回到自己的课桌前，心虚地缩成了一团。

"服了你了。"他无奈地叹了口气，低头从桌箱里翻找透明胶带。他赌气报复似的，在翻桌箱时一字一顿地补了一句，咬字很重，"沈、清、清。"

没想到她却"扑哧"笑了，转过头看着他的眼睛说："班长，你真幼稚！"

"班长?"

"谢阳阳?"

"谢阳阳！谢阳阳！谢阳阳！"

见他不说话，她得寸进尺，一遍又一遍地喊他。

"沈冰清！你对班级簿做了什么?"齐辉突然出现，捏着残破不堪的班级簿封面皱眉端详，脸上的表情既嫌弃又震惊，扯着嗓子大声质问沈冰清。

"老师！"见班主任从教室门口走进来，齐辉立刻转头大喊，"老师，你快看！咱班的班级簿被人给毁了！"

班主任站在不远处，在看清齐辉手里的班级簿封面时，脸色一变，正色问道："谢泽阳，谁弄的？"

"老师你说呢？"齐辉嬉皮笑脸地插话。

谢泽阳刚要开口，就注意到沈冰清伸手轻轻拽了拽他的校服袖子。他一顿，手臂微不可察地颤了颤。

"求求你了！老师说如果我再犯事儿，一定会把我爸叫来。"她埋头小声说，又小心翼翼地往他身后躲了躲。

"是我不小心弄坏的。"谢泽阳道歉，"对不起，老师。"

"不是！明明是沈冰清弄坏的！"齐辉急了，"班长被绑架了！老师！"

"真是你弄坏的？"班主任又问了一遍。

"嗯。"谢泽阳回答。

"下课粘好。"

"好。"

第一节数学课很快开始，做完随堂练习后，谢泽阳准备用透明胶带将班级簿封面粘好。

他刚拿起胶带，动作就被身侧一道突然传来的声音打断。

"谢阳阳！"

"沈冰清，认真做题。"正在过道里巡视的数学老师突然出现在沈冰清身后，把她歪着的脑袋转了回去。

沈冰清假装去看题目，等到数学老师走远，瞬间又偏过头来。

"谢阳阳！谢阳阳！"

他抬眼看她。

"谢谢你!

"你真好!

"超级超级好!"

沈冰清嘴角上扬,脸上绽开浅浅的梨涡,眼角眉梢都染上了明媚的笑意。分明是在寒冬腊月里,她一双水润清透的眼睛却仿佛融入了阳光,晃眼又明亮。

"比心!biubiubiu!"她笑容更加灿烂,两只手向他做出发射爱心的动作。

他脸颊有点发烫,下意识地垂下头,避开了她朝自己投来的灼热视线。他睫毛止不住地轻轻颤动,将目光落回纸页被撕开的裂痕上,突然想起刚刚齐辉说,班长被绑架了。

或许是吧,他想。

他好像——真的被她绑架了。

第四章 / 晕血

"水晶城堡里住着一个全世界最漂亮的橘子公主。她的名字叫沈冰清。"

——谢泽阳的日记

期末考试结束后,寒假前夕,在开学时被耽搁的初一新生入学体检被提上日程。

"哎,听说咱们这次体检得抽血!"

"辉哥,我害怕抽血,咋办啊!"

"滚,抽个血都怕,你还能干点啥?"

早自习上,谢泽阳正在座位上答晨考卷,听见前桌齐辉和同桌的对话,下意识地顿住了笔尖。班级里还没有人知道他晕血。

"初一(1)班所有同学听好,带好体检卡和拖鞋,现在马上去走廊排队!"校医来到教室门口喊道。

晨考被突如其来的体检通知打断,同学们纷纷放下笔起身,拿着需要的东西走出教室,在走廊里兴高采烈地讨论着体检项目。

"大家都安静,听我说!"校医举着大喇叭宣布体检的注意事项,"咱们班现在去采血,所有人在采血室门口排队站好,不允许说话,每次只能进两个人!都听明白了吗?"

"听明白了——"同学们拖着长音齐声答道。

"按排队的顺序往里进!"

初一(1)班班级队伍来到采血室门外时,校医说:"谢泽阳、沈冰清,你俩先进!"

"哎,清姐,你还记得小学咱们抽血那次,刚看见针头你就哭了吗?"队伍后面一个男生凑到沈冰清身侧,贼笑着说,"等会儿你抽血,我就在旁边给你举个大条幅,在上面写'清姐挺住,清姐别哭'。"

"一边儿去。"沈冰清无语,"没听见一次只能进两个人吗?"说完,他推开采血室的门进去。

"你别抖啊!你这么抖我还怎么抽?"已经入内的谢泽阳被门口的动静吸引了注意,突然被采血的护士重重拍了一下手臂,他才收回神思。

沈冰清闻声立刻从门口跑过来,面露惊讶:"谢阳阳,你居然害怕抽血!"

"被我抓住把柄了!你害不害怕?"她一脸兴奋,尾巴像是要翘到天上去,美滋滋地向他挑衅,"以后你要是再敢给我扣分,我就告诉别人你害怕抽血!"

谢泽阳懒得理她:"去门边等着。"

"小姑娘,你先去门边等着。"护士也说。

"好吧。"沈冰清撇撇嘴,转身走回门边,使劲儿往里面看,振振有词,"班长居然害怕抽血!

"班长,你说万一你的这个秘密被其他人知道了怎么办?万一有人用这个秘密笑话你怎么办?

"班长……"

谢泽阳被沈冰清吵得心烦,正想警告她再不安分就给她扣分,却注意到采血室的门被人推开。

"抽个血怎么这么慢啊!"是齐辉,他说完就要往里进。

/ 023

"你干吗！"沈冰清眼疾手快，一把将门按住，用力把他往门外推，"现在还不让进呢！你快出去！"

齐辉摇头晃脑，耍无赖道："我不出去！我就不出去！我要看班长抽血！"

沈冰清发现自己根本推不动他，捕捉到不远处正在清点人数的班主任的身影，她马上大喊道："老师！有人不听指挥，非要往里挤！"

"谁非要往里挤？"班主任闻声匆匆赶来，目光落在正拼命把头探进采血室的齐辉身上，脸色迅速冷了下来，"齐辉！说了在门外排队！你挤什么挤！"

齐辉被训得耷拉着脑袋不敢说话。见班主任转身离开，他迅速抬眼瞪她："沈冰清，你是不是没事儿闲的！一天天就知道告状是吧！"

"还说话！"班主任凌厉的声音再次从他身后响起，"出来给我靠边站着！最后一个进！

"看谁呢！说你呢，齐辉！赶紧给我出列！"

"老师，我……"齐辉一脸冤枉，张着嘴哑口无言。

他咬牙切齿地指着沈冰清说："你给我等着！"

沈冰清往外推他："我等着呢！我等着呢！你现在赶紧出去！"她把话说完，"砰"的一声关上了门。

寂静无声的采血室里，护士叹了口气，问谢泽阳："你是不是晕血？"

谢泽阳点了点头。

"门边那个小姑娘！"护士说，"你先来扎吧，他一直抖，我扎不了。"

谢泽阳咬着唇，注意到沈冰清朝自己走过来。

额角渗出了冷汗，他极力克制住发抖的身体，想起身给她让出位置，突然听见她开口说:"谢阳阳,要不你把眼睛闭上吧!看不见就不害怕了!你快把眼睛闭上!"

窗口里一个来取东西的护士调侃道:"还是男子汉呢!抽个血都得闭眼睛,也不嫌丢人!"

谢泽阳眉心紧蹙,不肯闭眼,目光盯着前方的某个小点,身体仍旧克制不住地一阵阵发抖。

医生说过,他的晕血症和童年的应激创伤有关。

他永远不会忘记,曾经无数次出现在他眼前的沾满鲜血的玻璃碎片。

他也永远不会忘记,那个他称为"爸爸"的男人挥起流着血的手臂一边打他,一边对他说:别挣扎了,谢泽阳,你这辈子,注定会和我一样一事无成。

眼底滚烫一片,心脏也被烧得滚烫。他从头到脚都变成了烫的,皮肤燃起的灼痛一丝丝渗入骨缝,痛得他意识模糊,心绪慌乱。

突然,一双柔软冰凉的手覆在了他的眼睛上。

"你没有害怕的东西吗?"

"谁都有害怕的东西,怕血怎么了?"

谢泽阳听见沈冰清不服气地质问那个取笑他的护士。

"没事的,看不到就好啦!"她捂着他的眼睛,声音清脆响亮,"谢阳阳,你快看!现在你眼前有一座超大的水晶城堡,城堡周围有好多鲜花,城堡里住着一个超级漂亮的公主!"

"那个公主的眼睛好大好大,皮肤白白的,穿着超级好看的公主裙。"

"你猜猜看!那个公主的名字是什么?"

"那个公主的名字叫——沈、冰、清!"

"好了。"护士终于顺利抽完血,对他说,"自己按一会儿。"

"还是你有办法,小妹妹。"护士笑眯眯地对沈冰清说,又问,"你怕不怕扎针?"

"当然不怕!"她说。

谢泽阳用棉签抵着针孔,缓缓起身把座位让给沈冰清。

"你这血管还挺难找。"护士一边拍沈冰清的手背,一边说道。

沈冰清不好意思地笑了:"因为我是小胖手!"

"还知道自己是小胖手呢?"护士被她逗笑,手上的动作却麻利,突然把她手掌一翻,选择了一处血管最明显的地方,将针头刺了进去。

沈冰清没反应过来,痛感猝不及防地袭来,她没忍住喊了一句:"嘶……疼!"

"这里皮肤薄,扎的时候会有点疼。忍一忍,马上就抽完了。"护士淡淡说道。

沈冰清委屈巴巴地抬眼望向谢泽阳,眼里泛起点点水光。

"谢阳阳,扎针好疼。"她对他说,眼睛红红的。

谢泽阳指尖颤了颤,将棉签扔入垃圾桶便朝她走过去。

三管血刚好抽完,沈冰清单手用棉签按住针孔。谢泽阳嘱咐她按好别乱动,扶她站起来,陪她走到旁边的休息区。

"可以了吧?应该不流血了。"过了一会儿,她问。

"嗯,你把棉签拿下来,我看一下。"他说。

沈冰清立刻躲开:"不要!你害怕,我自己看!"

谢泽阳一愣,笑了笑说:"针孔顶多出一点点血,我不怕的。"

然而沈冰清还是转过身去,避着他的视线拿开棉签,自己看了眼针孔,确认没有出血后放下胳膊,把袖子拽了下来。

"我们走吧!"她对他说。

他们一起走出校医院,并肩走在回教学楼的路上,突然听见路过的人说,他班上一个女生因为怕疼,在采血排队的时候就哭了。

"其实抽血不怎么疼,真的不用害怕。"她小声道。

"刚刚是谁差点疼哭了?"谢泽阳开口拆她的台。

"听不见听不见!反正不是我!"她伸手去捂耳朵,突然注意到一根橘子味的棒棒糖被递到了她的面前。

"哪儿来的?"沈冰清的眼睛倏地一亮。

"早上来的路上买的。"

"橘子糖,给橘子公主吃。"他淡声说。

"你才是橘子公主!"

她抿着嘴笑,拆开包装纸含住糖,含混不清地问他:"谢阳阳,你为什么晕血啊?"

谢泽阳沉默,没有回答。

察觉到他不想说,她便没再追问。

"以后你再遇到这种情况,就像今天一样,闭上眼睛,想一想全世界最最最漂亮的沈冰清公主!"

"咦——我听到了什么?"刚抽完血的齐辉从沈冰清身侧经过,嫌弃道,"沈冰清你是自恋狂吧!"

"走开!别挡本公主的路!"

"我为什么要走,我是来找你算账的!"齐辉奓毛。

"行啊,你想怎么算?"沈冰清抬眼和他对视,撸起袖子做出要打架的姿势。

结果,她嘴里含着的糖被齐辉出其不意地拽住塑料棍一把抢走了。

"我的糖!

"齐辉!你给我等着!"

齐辉转过头吐了下舌头,故意捏着嗓子学她说话:"我等着呢!

我等着呢！"

　　少女一路小跑，穿着橘色羽绒服的背影圆鼓鼓的，像个小橘子。

　　谢泽阳驻足凝望着她的身影，头顶忽然有落叶蹭过他的眼角滑下，有些痒。他抬起手轻轻触碰了一下眼角，指尖泛着凉意，嘴角不经意弯了弯。

　　一个圆鼓鼓的橘子公主。

　　一个住在水晶城堡里的，全世界最最最漂亮的小公主。

　　她的名字叫沈冰清。

第五章 /烦恼

"她说,希望我每天都开心。这样她就没有烦恼了。"
——谢泽阳的日记

短暂的寒假转瞬而过,新学期伊始,各科老师吩咐课代表把本学科的寒假作业收齐,送到办公室等待检查。

送完作业本后,谢泽阳还被语文老师要求收齐并负责检查假期布置的一篇作文,作文题目是《我的烦恼》。

他接过各组组长交给他的作文纸,一眼便瞥见了放在最上面的沈冰清的作文。他不禁叹了口气,拿起红笔把标题"我的烦脑"中的"脑"字圈了出来。

抱着帮她找一找错别字的想法,他逐字逐句地读起了她的作文——

说起我的烦恼,好像有点多。

我一个一个地说吧。

一开始我的烦恼是,我特别烦我爸。因为他一喝多就骂我,还老说我妈是因为我太差劲才和他离婚的。

后来这个烦恼解决了,因为他和一个阿姨同居了,不回家了。

我虽然自己住在一个空房子里,但我不会吃不上饭。

因为吴阿姨会做饭给我吃。

吴阿姨是我爸请的保姆,做饭特别好吃,比外卖好吃。她对我很好,我好喜欢她。

但她的儿子不太好。

她儿子叫吴皓,比我小一岁。吴皓热爱打架,吴阿姨经常因为他被叫去学校,后来她生病了,所以请假不来我家了。

不过她不来,我还是不会吃不上饭。

因为我有一个远房表哥和一个发小。

我的表哥叫许澄光,他其实和我同岁,只是比我大几个月。我不喜欢叫他表哥,我喜欢叫他光光。他家开了个超市,他还会做饭,做的饭可好吃了,小时候我经常去他家蹭饭。

我的发小叫丁峻明,是个男生,我给他取了个绰号叫小明。我喜欢带他一起去光光家蹭饭。因为他和我一样,总是自己在家,也不会做饭。

他还喜欢点外卖,缺点是爱浪费,每次都点很多,吃不了就非让我帮他吃。

我好久没和他一起吃外卖了,因为他小学没毕业就搬家去市里了。

好像跑题了,我要说一下我现在的烦恼。

我现在的烦恼是我学习不好。因为学习不好,所以总被扣分,每个组都不想让我去他们组,因为别人辛辛苦苦加的分,我一个人全扣没了。

但是有一个人让我进了他们组,她就是我的组长——江萌。江萌不能说话,但她会写字和我说话。

她下五子棋特别厉害,我最愿意和她一起在演算纸上玩"五子棋"了。

她眼睛大大的,比我的还大,特别爱笑,一直笑眯眯的。她是我见过的除了光光以外最爱笑的人。

她是我在学校里最好的朋友。

好了，再说说我的新烦恼吧。

我的新烦恼就是我的新同桌，谢某人。他是我们班的班长，还是语文课代表。他学习特别好，每次考试都考全班第一，他还会主持，还是广播站的播音员，写字还好看……反正就是什么都好。但他每天只喜欢学习，不喜欢说话，也不喜欢笑。

我觉得他不喜欢笑，是因为他有烦恼。

他的烦恼到底是什么呢？

我问过他，他说是觉得自己的成绩还不够好。

…………

唉，对于这种"凡尔赛"的人，我都不知道能说点什么了。

那就祝他的成绩再好一点，能考全市第一。

总之呢，我希望他可以没有烦恼，每天都开心。

这样我也就没有烦恼啦(*^ ▽ ^*)！

读到最后，谢泽阳把末尾句中的颜文字圈了出来，望着通篇语句不通顺又错字扎堆的作文内容，在心中无奈地叹息。

流水账。

这也能算是作文吗？

然而，他的视线却停留在纸页的最后几句话上，久久不能移开。

她说，希望他可以没有烦恼。

如果他可以没有烦恼，那么她也就没有烦恼了。

一个会为了他人的烦恼而烦恼的人，真的称得上"无忧无虑"吧。

他忽然想起班主任和他说过的另一个用来形容她的词——

没心没肺。

上学期调换座位前，班主任特意将他叫到办公室，把准备安排他和沈冰清做同桌的想法告诉了他。

"我知道她不好管，开学以来总和你对着干。

"她从小就没人管，所以嚣张惯了，一心就想找点儿存在感。

"你费心管管她，重点抓一抓她的纪律和行为习惯。

"还有，她这个人吧，挺没心没肺的，不记仇。她今天和你吵完，明天就能跟你和好。所以无论她说什么做什么，是向你示好，还是和你作对，你都不用往心里去。

"她就那样。

"你多包容一下吧。

"行吗？"班主任语重心长地对他说，又询问他的意见，问他愿不愿意和她做同桌。

"好的，老师。"他淡淡回答道。

"行，那你回去吧。"班主任见他答应，欣然说道。

他却站着没动，突然开口说："老师，我有句话想对您说。"

班主任疑惑地抬头。

"她确实有些行为习惯需要规范，我会尽到职责，及时帮她改正。

"但她也有自己的优点，这些优点是很多人没有的。

"我觉得，她挺好的。

"我说完了，老师再见！"

他说完朝班主任鞠了一躬，转身走出办公室。

"谢阳阳，谢阳阳！"突然传来的熟悉声音打断了谢泽阳的思绪，他回过神，看到沈冰清迎面朝他跑来，他匆忙收好作文纸。

"怎么了？"他问。

"上学期你参加的那个学科竞赛的成绩出来了！我刚刚去帮你看

了，你拿了一等奖！"

他一怔，随即说："我知道了，谢谢。"

"你不开心吗？"她纳闷道，"作为你的同桌，我好像都比你更开心。"

想起她在作文里写下的那句"希望他每天都开心"，他勾起嘴角，笑了笑说："我挺开心的。"

"真的吗？"

"真的。"

"还有更开心的！你看我把什么给拿回来了——你的奖品！一个超级可爱的小橘子夜灯！"

小橘子。

谢泽阳目光落在她怀里印着卡通图案的橘黄色纸盒上，抬眼问她："你喜欢吗？"

"呃？"沈冰清一愣。

"你喜欢的话，就送给你了。"他说，"我用不上，就当感谢你帮我看竞赛成绩。"

"真的吗？！"她激动地去摇他的胳膊，"谢阳阳，你真好！"

她的指尖刚好贴在他的手腕上，冰凉的温度猝不及防地渗进皮肤，他怔了怔，心跳莫名地慢了一拍。

"谢阳阳，我能问你一个问题吗？"她凑近他，弯着眼睛看着他。

"嗯，你问。"他偏了下头，微微不自然地避开她的视线。

"等下次竞赛成绩出来，你还找我帮你看，好不好？"

听懂了她的意思，他转回头，垂着眼无奈地笑了，妥协般回答道："好——"

他小声补充："橘子公主。"

第六章　/ 发烧

"吃了橘子糖,是不是就不会那么难受了。
以后不要再生病了,沈清清。"

——谢泽阳的日记

春夏之交,一场雨悄然而落。城市不见转暖,反而在雨水的冲刷下,连空气都浸满了湿凉。

五一假期过后,期中考试很快就来了。

考试前一天下午的自习课上,谢泽阳正翻看错题集,发现沈冰清一直趴在桌子上睡觉,他抬手敲了敲桌沿提醒她。

见她依旧一动不动,没什么反应,他拍了拍她的背,问:"真困了?昨晚没睡好?"

她"嗯"了一声,带着闷闷的鼻音。

"那你睡一会儿吧。"他低声道。

"班长,我问你一道题!"齐辉突然把头转过来,看到闷头大睡的沈冰清,大叫道,"班长!她睡觉!"

"她居然敢在自习课上公然在你眼皮子底下睡觉!"

"这还能不扣分?"

"班长……"

余光里,谢泽阳注意到沈冰清的肩膀微微动了动。他皱了皱眉,食指放在唇边朝齐辉比了个"嘘"。

齐辉一愣,而后很配合地闭嘴,凑过来小声说道:"我懂了,班长,你是想悄悄给她扣,省得她和你闹,是吧?"

"能不能透露一下?你准备给她扣多少?"

"我想提前给我们组算算分。"

谢泽阳懒得理他,压低声音问:"哪道题?"

"这道!这道!"齐辉脑回路断了一会儿才接上,立刻把手里的试卷递给谢泽阳。

班主任离校去参加教研了,自习课下课铃响时,教导主任广播通知各班的班长到考务室开会。谢泽阳让纪律委员代管一下自习纪律,出发去了考务室。

教导主任安排完布置考场的任务后,让各班班长留在考务室里,把自己班级同学的条形码剪好之后再离开。谢泽阳坐在靠近后门的位置,拿起剪刀正准备剪条码,注意到齐辉突然从旁边的门缝里探出头来。

"班长!班长!"

"今天是不是会提前放学布置考场?主任说咱们几点放学了吗?"他问。

"还没说。"谢泽阳边剪条形码边回答。

"那我在这儿等一会儿,等主任回来了,我问问她!"齐辉朝考务室里环视一圈,而后百无聊赖地靠在门边。

过了一会儿,他突然开口说:"对了,班长。沈冰清好像发烧了。"

谢泽阳剪条形码的动作一颤。

"不过她八成是装的,每次只要咱老班不在,她保准想回家。班长你不用理她……"

谢泽阳放下条形码,起身匆匆走出了考务室。

"班长！班长！班长你不开会啦？！"齐辉在他身后急声喊道。

谢泽阳回到教室，注意到沈冰清依然趴在桌子上。讲台上有一部班主任收上来让他看管的手机，在征得手机主人的同意后，他拿起手机，把沈冰清叫醒，说："今天校医不在，你给你家长打个电话，让他带你去医院。"

"必须要家长来接才能请假吗？"沈冰清她缓缓抬头，蔫巴巴地问他。

"嗯。"他答道。

沈冰清又把头埋下去："那算了，我家长来不了。"

她开始浑身发冷，一阵一阵地打起了寒战。谢泽阳静静地望着她，脑海中突然浮现出她在作文里写的话。她说，她爸爸几乎不怎么回家，她其实没有家。

攥着手机的手指渐渐收紧，他转身走出了教室。

"喂？妈？您下午是不是要来学校旁边的商场买东西？"谢泽阳站在走廊里，拨通了妈妈的电话。

"是啊，我正准备出发呢。怎么啦？"

他说："您……您能顺便来我们学校一趟吗？

"我们班有一个同学发烧了。班主任和校医都没在，她的家长也联系不上。

"您能带她去一趟医院吗？"

谢妈妈愣了片刻，答应道："好，我这就过去。"

"还有，"在挂断电话之前，他又补了几句，"您能带一件我的厚一点的外套来吗？她穿得有点少。"

对面再次顿住。

片刻后，谢妈妈的声音传了过来：
"行，没问题。"

谢泽阳挂断电话回到座位上，从沈冰清身后拿起她的书包，开始帮她收拾东西。
"你干吗？"沈冰清动了动，目光捕捉到他的动作，转过头问。
"送你去医院。"
"你送我去？你能出去吗？"
"不是我，是我妈。她送你去。"
"不用不用！"她急忙摆手，哑着嗓音难为情道，"我没事，真没事，我睡一会儿就好了，你别麻烦阿姨了……谢阳阳，真的不用……"
"不行，必须去。"他说。

"这不是清清吗？"学校大门外，谢妈妈见到沈冰清，先是惊讶，随后连忙伸手去摸她的额头。
"怎么发烧了？看这小脸红得……难受坏了吧？孩子！"谢妈妈把带来的衣服严严实实地裹在她的身上，"没事儿，阿姨这就带你去医院。等吃上药咱们就不难受了，不行就再打个针。
"不怕，有阿姨在呢。
"阿姨陪着你。"
谢妈妈站在沈冰清身前，一边帮她焐着冰凉的双手，一边轻声安抚她。
沈冰清站在原地，感受着自己被谢妈妈一点点焐热的手，恍神了许久，才声音沙哑地开口道谢："谢谢阿姨。"她眼圈通红，眼里湿漉漉的，泛着明亮的光。

谢泽阳鼻尖一酸，对妈妈说："我放学就过去。"

"行，你回去上课吧。等放学过来。"谢妈妈说。

下午放学后，谢泽阳来到医院，一推开输液室的门就看到一个熟悉的身影正趴在桌子上写作业。

沈冰清……在写作业？

而且是边输着液边写作业？

怎么可能。

他正纳闷，注意到女孩抬眼看到了他，嘴角瞬间扬起了笑容。

这么有精神，看来烧已经退得差不多了。

谢泽阳心里想着，暗暗松了口气。

"谢阳阳！你快看！我在写作业！"沈冰清说着，兴奋地拿起桌上的练习册朝他晃了晃，连着手背的输液管被牵动，针头差点被扯出来。

谢泽阳连忙上前摁住她抓着练习册的手，敛眸打量了好一会儿，确认针眼没有问题，才把她手里的练习册抽出来，将她的手按回到桌子上。

"沈清清，你能不能别乱动。"他说。

沈冰清仰头看着他，做错事一样不好意思地笑了，神情无辜地说："我输着液还写作业呢！实在是太勤奋了！班长，给加个分吧！给加一点儿吧！"

谢泽阳没理她。

"你就给我加一点儿嘛！"她急了，手臂随着身体晃了晃，手背上的针头再次被牵动，疼得她"嘶"了一声。

他急忙让她坐好，托起她的手端详，看到输液管里回流的血，神色一凛，立刻扭头喊护士过来。

"没事，没鼓。"护士检查了一下沈冰清的手背，厉声警告她，"你给我老实点，不然再给你扎一针！"

"给加几分吧！"沈冰清眨巴着眼睛，可怜巴巴地说。

谢泽阳："明天再说。"

沈冰清蔫蔫地低下头，嘴巴噘了起来。她把额头抵在练习册上，左手挂着水，右手握着笔在演算纸上有一下没一下地划拉着。

谢泽阳摸了摸校服口袋，把他特意绕远路去超市买的一袋橘子味硬糖拿了出来，轻轻放在了她的面前。

"没有棒棒糖了，只买到了这个。"

沈冰清瞬间直起身，眼睛里泛起光亮。

"你在哪儿买的？"她问。

"超市。"他说。

"你跑那么远给我买糖啊？"

"没有。我去超市隔壁书店买练习册，顺便买了袋糖。"

"那你买的练习册呢？给我看看！"

"吃你的糖。"谢泽阳说。

沈冰清龇着笑，很快把一颗糖吃完，紧接着又拆出另一颗。

"只能吃一颗，"谢泽阳拦住她，"剩下的等病好了再吃。"

"我好了！真好了！"她撒娇着求情，"再让我吃一颗嘛。"

"不行。"他态度坚决。

"那我都已经拆出来了……"她闷闷不乐，忽然抬起头，把手里的糖塞进了他的嘴里。

"甜吗？"她眼睛亮亮的，笑眯眯地看着他问。

谢泽阳没回答她，只觉得一阵冰凉甜蜜的橘子味在口腔里一点点蔓延开。

"嗯。"顿了顿,他说,反应像慢了半拍。

谢妈妈有事先走了,沈冰清输完液后,谢泽阳和她并排走在回家的路上。

夜里风大,有凛冽的寒风顺着领口钻进来,谢泽阳侧头看沈冰清,发现她外套的领口敞开着,又听见她打了个喷嚏。

"把帽子戴上。"他说。

"不要!我有点不好意思和你说,你这件外套上的帽子……我戴着真的好丑……"

谢泽阳微微弯下腰,把外套的连衣帽罩在她的头上,拉上领口处的拉链,又用帽绳紧紧实实地在拉链上方打了个结。

沈冰清忽然不动了,半晌后,才轻轻开口问:"是不是巨丑?"

"不会。"他淡淡道。

她噘起嘴巴:"像小猪。"

谢泽阳嘴角抿了抿,笑了。

"谢阳阳,你笑了!"

"你笑什么啊?你是不是真这么觉得?"

"你嘲笑我胖……我不戴了……"她边说边伸手要去拆帽绳。

"别折腾,还想烧起来再打一针?"谢泽阳伸手阻止她的动作,却一不小心触碰到她的手背。

沈冰清的手很冷,从他掌心传来的温度让她像是触了电,她一时间僵在原地,就这么抬眼呆呆地望着他。

"谢阳阳,你的手好暖。"过了一会儿,她突然开口说。

他的耳根忽然有点发烫。

"是不是因为你把手插进校服口袋了?你给我的这件外套都没有

口袋……"

她紧接着说:"班长,可以把你的校服口袋借我一下吗?"

谢泽阳没说话,继续往前走,步速却放慢了许多。他用右手将校服口袋撑大了一些,然后脚步一顿,示意她可以把手插进来。

她蹦蹦跳跳地追上他,乐呵呵地把手伸了进去,并拢五指握成了小拳头,在他的校服口袋里蹭了又蹭。

"哇!好暖和呀!

"谢谢班长!

"班长你太好啦!

"超级超级好!"

少女眼睛亮亮的,弯成月牙,如果不是面容苍白素净,根本看不出来刚发过高烧。

怎么会有这么能折腾的人?谢泽阳无奈地心想。

昏暗静谧的街道上,昏黄的路灯光线倾洒在少女的头顶。冰冷夜色里,她就像一个散发着热能的光源,将他的周身包裹起来,给他全身上下都带来了暖意。

不知不觉间,他们已经走到了她家楼下。

他目送她走进单元门,转身离开时,忽然听见她朝他喊了一声。

"谢阳阳!

"明天见!"

四下无人的深夜里,风骤起,吹得树影摇晃,巷口灯光碎了满地。

他转身望向高高挥着手的她,眼底染上了温柔的笑意。

他也朝她轻轻挥了挥手。

"明天见,沈清清。"

第七章 / 礼物

"也希望你每天都开心。晚安，沈清清。"
——谢泽阳的日记

把沈冰清送回家后，谢泽阳掉转方向往家走。在路过小区商店的时候，他注意到一个熟悉的男人身影正站在收银台前付账。一辆卡车从商店门口呼啸而过，他加快脚步走近一看，人影却消失不见。

他迅速上楼回到家，看到妈妈正坐在沙发上，眼底透着红，像是刚哭过。

"把清清送回家了？"谢妈妈压着鼻音问他。

"嗯。"他答道，又问，"他来找你了？你哭了？"

"没有。"谢妈妈匆忙起身，从厨房把做好的饭菜端出来，"洗了手过来吃饭。"

"我看见他了。"他说。

谢妈妈表情一变。

他问："他来找你干吗？"

"别乱想了，他没来找我。"

谢妈妈说完，门外突然响起谢泽阳大姑的声音："开门！小蓉！阳阳！快给我开个门！"

谢妈妈抬了抬下巴，示意他去给大姑开门。

"小蓉啊，小坤回来了，这事儿你知道吧？"

"小坤跟我们说，他想来找你说说，想搬回你这儿住的事儿。"

"他和我保证了，他是真本分了！听说他最近找了个正经工作，说以后肯定对你们娘俩好……"

大姑一进门，就一阵噼里啪啦。

谢妈妈一直没说话，大姑注意到站在她身旁的谢泽阳，朝他使了个眼色，说："阳阳，你先回屋写作业去！快去！"

"等等，"谢妈妈说，"孩子还没吃饭呢！"

谢妈妈走到饭桌前，把饭菜盛了满满一碗递给他："回屋去吃。"

谢泽阳吃完晚饭，听见客厅里渐渐没了动静。很快，他手机里收到一条妈妈发来的消息：你大姑家出了点事儿。你姑父突然发病住院了，我去帮个忙。你自己把门锁好，早点睡觉。订好闹钟，明天考试别迟到。

谢泽阳默默放下手机，回复了一句"知道了"。

他扯起嘴角笑了笑，笑容里带着讽刺，又更像是苦涩的无奈。

她为什么还要管他们家的事？

他们家的事，和妈妈，和他，到底还有什么关系？

只是因为少了一张离婚证，便永远要做无法割舍的"一家人"，是吗？

妈妈可以容忍曾经发生过的那些伤害，但他容忍不了。

深夜房间的一隅，他不动声色地翻着书，看着桌上的钟表指针一点点划过。

"开门！"

"谢泽阳！你给我开门！"

耳畔忽然传来"咚咚"的砸门声，和充斥着酒气的叫骂声。

"我告诉你谢泽阳！你流着老谢家的血！你就是翅膀再硬，也飞不远！

"你飞到哪儿！我追你追到哪儿！

"你给我开门！"

谢泽阳合上书，拿着手机爬上床，后背倚靠着床头，插上耳机缓缓闭上了眼睛。

回忆倒退到小时候，他想起爸爸欠了赌债，追债者找不到爸爸，拎着棍子把妈妈和他赶出了家门。

他想起妈妈领着他去大姑家借钱，却被大姑一家人冷眼相待，拒之门外。

他想起爸爸和大姑一家一起去姥姥家大吵大闹，软硬兼施，只是为了阻止妈妈和爸爸离婚……

后来，爸爸向妈妈保证不会再赌，大姑也拎着菜来他们家做客。

再后来，爸爸赌瘾又犯了，赌输钱喝多了酒，回到家对妈妈和他大打出手。妈妈下定决心要离婚，大姑又开始帮爸爸一起竭力劝阻妈妈，哭喊吵闹，爸爸也再一次保证自己不会再犯……

周而复始，把妈妈和他推向了没有尽头的深渊。

哀伤婉转的音乐曲调和沉重的砸门声交织在一起，一下一下重重砸在谢泽阳的心上，直到砸门声渐渐隐匿，他的世界终于重归平静。

钟表指针划过零点，妈妈到现在还没有回来。

血缘牵系着的纽带千丝万缕，哪怕早已狰狞丑陋，也永远无法彻底切断。

两天的期中考试很快结束,考完没过一周便出了成绩。

谢泽阳依旧是全班第一名,然而他的校内总排名却从年级第一名跌到了年级第十四名。

成绩公布时,一班刚下体育课,教室里嘈杂喧闹,男生们正揪着衣领抖汗闲聊,女生们互相借小风扇往脸上吹风。班主任满脸怒火地走进教室,谢泽阳立刻高喊了一句:"老师来了,都安静!"

他已经听说了这次考试他们班整体考得非常不好,全班及格率和优秀率都是全年级最低。

教室里迅速静了下来。

"说得还挺欢。"班主任沉着脸,冷冷道,"都抬头,看看自己考成什么样!"

班主任打开多媒体电脑,开始宣读大屏幕表格上的成绩排名:"第一名,谢泽阳。"

"阳哥牛!"有男生站起来起哄,吹了声响亮的口哨。

"谁起哄呢?"班主任瞪了那男生一眼。

教室里立刻没了声音。

"谢泽阳,起立。

"同桌,沈冰清,也起立。

"你们俩对自己的成绩满意吗?

"沈冰清先说。"

"还行吧。"沈冰清摸摸鼻子笑了,"有进步。"

"嗯,是有进步。"班主任嗤笑一声,"你这进步怎么来的?通过咱班这次好几个同学生病缺考来的,是吧?"

沈冰清埋着头不敢说话。

"班长呢?"班主任接着问谢泽阳。

"不满意。"他说。

"考第一还不满……"沈冰清小声嘀咕,却在抬头看到他的年级总排名时,突然不再说话了。

"你俩一人给我写一份反思,明天交到我办公室。"班主任吩咐道,随后继续公布其他同学的成绩。

放学后,谢泽阳挎着书包走在回家的路上,沈冰清从他身后一路小跑追了上来。

他走得很快,她费了不少的力气才追上他。

"谢阳阳!你今天是不是因为没考好,不开心了?"

"我刚刚买的花!送给你!"

谢泽阳脚步一顿,疑惑地看了看她递过来的康乃馨,又看向她。

"今天不是母亲节嘛,我看到有人在卖花,买花赠送小玩偶!我为了那只可爱的小熊,就买了一束……"

"所以你就把母亲节买的花送给我了?"他问。

"哎呀,你别在意这些细节……对了,你吃烤肠吗?我刚买的!还是热乎的!我一考不好就喜欢吃烤肠,而且每次都要吃五根,只要一吃烤肠我就会特别开心!"

谢泽阳接过花,抬眼淡淡道:"那你岂不是每天都在吃烤肠?"

沈冰清一愣,反应过来后,伸手去打他。他侧身躲开,嘴角却下意识地弯了起来。

"谢阳阳,你刚刚是不是笑了?"

"没有。"他捏紧手里的康乃馨,加快步速往前走。

"谢阳阳,你等等我!"她追上他,"烤肠分你一根!你真的不吃吗?"

"不吃。"

"那你有没有什么想喝的？我想喝冰红茶！你喝吗？我还想吃雪糕……前面的小卖部有'梦龙'，你想吃'梦龙'吗？"

谢泽阳停下脚步："沈清清……你到底想干吗？"

沈冰清眼睛眨了眨，像是被发现了秘密，没憋住笑说："想让你给我加点分……"

她委屈巴巴："今天出成绩，我没考好，分数被扣得太多了。"

"我就知道。"他问，"想加多少？"

"20分行吗？从明天开始我一定好好表现，你如果觉得多的话就……"

"行。"

"真的吗？居然答应得这么爽快！那加50分可以吗？"

谢泽阳不说话，抬眼静静看着她。

"20分！就20分！"她小心翼翼地说。

落日西沉，云朵浮在天际，余晖将大地染上了红晕。

分岔路口，沈冰清突然开口喊谢泽阳："谢阳阳！

"我刚刚说想加分，是逗你的，其实我只是想让你开心一点。

"虽然我觉得你考全班第一已经很厉害了，但我知道，这个成绩还没有达到你的目标。

"你们这些学霸都特别'卷'，虽然今天你不小心被他们'卷'了，但我相信你肯定马上能'卷'回来的！

"在我心里，你一直都是最最最厉害的！没人能'卷'得过你。

"而且我知道，只要是你想做成的事，就没有做不成的。"

他问："你怎么知道？"

"我就是知道！"沈冰清认真地看他的眼睛。

谢泽阳恍了下神，忽然又听见她说："我还有个秘密要告诉你，你晚上回家记得看手机！"

"我走啦！拜拜！"

她几步跑过马路，转头和他挥手道别。

一辆疾速行驶的摩托车蹭着她的衣角飞驰而过，他焦急地朝她喊："看路！"

她笑着回应："知道啦！

"拜拜！你回家别忘了看手机！"

谢泽阳拿着花回到家，打开门锁走进房间，把手机开机，几条微信语音消息迅速弹了出来。

沈清清："砰——惊喜发射biubiubiu！"

沈清清："生日快乐呀！谢阳阳同学！"

沈清清："五分钟之内，你将会收到一个超级好吃的蛋糕和一个超级好看的礼物！"

沈清清："为了给你庆祝生日，我给自己也订了一个一模一样的蛋糕！而且我的蛋糕已经到了，我就提前开吃啦！实在有点儿饿……"

几条语音播完，门铃声突然一响。

谢泽阳打开门，看到快递员抱着一大一小两个盒子站在门外："请问是谢泽阳吗？这儿有两个快递。"

他签收了快递，刚把两个盒子放到茶几上，新的语音消息就弹了过来。

沈清清："谢阳阳，我再送给你一个生日礼物吧！我唱一首《生日快乐歌》给你听！"

沈清清："祝你生日快乐，祝你生日快乐……咳……"她清了清嗓子，"接下来，还有一首歌，我想要送给你。"

沈清清："最初的梦想，紧握在手上。最想要去的地方，怎么能在半路就返航……"

沈清清："我没跑调吧！如果跑调了，你就将就一下……"

他回复语音："为什么要唱这首歌？"

沈清清："因为你喜欢啊。在广播站，你除了放纯音乐，就只放过这首歌，而且经常放，反复放。我每天听，把歌词都背下来了。"

沈清清："谢阳阳，礼物收到了吗？"

他回复："嗯，收到了。"

沈清清："你打开看看！"

谢泽阳撕开礼盒的包装纸，看到了一幅裱在相框里的油彩画。画纸上，深邃幽蓝的天幕下，浅灰色的画笔勾勒出了清华大学的校门轮廓。一个白净清秀的小男孩正站在清华大学的校门上，伸手触碰到了天上的月亮。

就在此刻，他看见她发来了两条消息。

沈清清：送给未来最出色的物理学家，谢阳阳工程师！

沈清清：最初的梦想，绝对会到达。

谢泽阳静静地看着这两条文字消息，又看到消息上方接连不断的语音条轰炸，眼眶忽然热了热。

他拿出一个玻璃瓶，接好水把康乃馨插进去，又把蛋糕的包装盒打开，切了块蛋糕，拿起手机拍了张照，给沈冰清发了过去。

附上一条消息：礼物很喜欢，谢谢。

他坐在餐桌前，独自默默吃着蛋糕，时不时就按亮手机屏幕看一眼有没有新消息提醒。然而锁屏壁纸上始终一片空白，微信提示音久久没再响起。

她是睡了吗？去写作业了？

还是，在忙别的事？

她今天睡得这么早吗？

还是，她爸爸回家了？看到她没考好，又骂她了？

谢泽阳放下沾满奶油的塑料叉，视线再次落回到手机上，没忍住拨了通语音电话过去。

"谢阳阳……"她声音里透着困意，应该是真的睡了。

"你这么早就睡了？"

"烤肠吃多了……有点困。"她解释说。

"你……怎么知道我想考清华？"他问她。

"上次我输液的时候，阿姨和我说的……她说清华的物理专业是你的梦想。谢阳阳，你真的好厉害！"

"这有什么厉害的？"他喃喃低语，"你也说是梦想了。"

"你怎么还不睡啊？"她问，又紧接着说，"今天早点睡，把烦恼全都忘了。俗话说得好，睡饱了明天才有力气'卷'别人……谢阳阳，你一定要记住，你是永远的'卷王'，最大的那一只！"

最大的那一只。

都什么跟什么。

谢阳阳没忍住抿了抿嘴角，应声道："好。"他放缓了语气，含着笑意重复了一遍，"我是'卷王'，最大的那一只。

"你接着睡吧，晚安。"

"晚……等一下！"她忽然喊他的名字，"谢阳阳。"

"嗯？"

"你现在，有开心一点吗？"

他停顿了很久，认真地说："我现在，很开心。"

"那就好，希望你每天都开心……晚安，谢阳阳。"她说完，挂断了语音电话。

谢泽阳默默注视着手机屏幕，嘴角扬起的弧度依旧没有落下。

谢谢你。

也希望你每天都开心。

晚安，沈清清。

第八章 / 愿望

"沈清清,我想和你一起去市实验中学。
我真的很想很想,可以永远和你在一起。"
　　　　　　　　　　　——谢泽阳的日记

　　五月的风拂去春的湿凉,街道两旁绿荫渐浓,蝉鸣荡漾,盛夏六月倏忽而至。因为学校要作为高考考场,高考期间,他们放了三天假。

　　写完假期作业后,谢泽阳去妈妈的鞋店帮忙。他刚走进店门,就看见了一个熟悉的小巧身影——沈冰清正跷着脚站在柜台前,一只手支着下巴,另一只手按着电脑鼠标帮妈妈查货。

　　"你怎么来了?"他问。

　　"清清出来逛街,刚好路过,非要过来给我帮会儿忙!"谢妈妈正在置物间取货,闻言走出来道。

　　"清清,别弄了!坐下歇一会儿!"谢妈妈回头对沈冰清说。

　　"没事儿!阿姨,我不累!"沈冰清浅浅一笑。

　　谢泽阳走到柜台前,正想跟她说他来查,就听见妈妈说:"你俩都别忙了!不急!"

　　谢妈妈把他从柜台前推走:"阳阳,你快带清清出去吃点东西!你请客!"

　　"不用了,阿姨!我吃过饭了!"沈冰清连忙客气地拒绝。

　　"快去吧!别客气!"谢妈妈从口袋里掏出一百块纸币塞给儿子。

沈冰清只好笑着答应:"谢谢阿姨!"

出门后,谢泽阳问:"想去哪儿吃?"

沈冰清思索片刻,说:"我想去……'遇见'。"她眼睛亮了亮,"我想喝他家的仙草奶绿了!还想吃他家的黑森林蛋糕!"

想到什么,她声音渐弱:"不过有点远,外面好晒……"

"走吧。"他说,"咱们打车去。"

"好!"沈冰清开心道,蹦跶着跟在谢泽阳身侧。

"遇见"奶茶店里,沈冰清咬着吸管问:"谢阳阳,你以后想去哪个高中?一高还是二高?"

"我想去实验中学。"他脱口而出。

没有谁会不想去实验中学吧。

他想。

"实验中学?是市里那个实验中学吗?"她问。

"嗯。"谢泽阳抬眸,"怎么了?"

"哦,没事。"沈冰清顿了顿,用吸管戳了几下杯底,低低道,"我还想说,也许我们以后能去同一个高中。"

她耸耸肩:"结果是个我考不上的学校。

"当我没问。

"打扰了。"

见她这个反应,谢泽阳才意识到自己的回答让她不开心了。他喉结动了动,正想向她解释自己刚刚说的话,耳边却传来了老板娘的声音。

"蛋糕来了!"老板娘给他们端上蛋糕,又将塑料刀叉、蜡烛和打火机一并摆上了桌。

"这么大的黑森林！"沈冰清满脸震惊，立刻从上衣口袋掏出手机，边拍照边仰起头问老板娘，"阿姨，黑森林什么时候变得这么大了？我记得以前是很小的一块。"她用手比画着。

"正常是一小块，不过看你有没有要求。有要求的话，大的也能做！"老板娘笑吟吟地回答。

"我没要求啊……"沈冰清疑惑不解，注意到老板娘将目光落到谢泽阳的身上。

她将卡在嘴边的话收了回去，微微怔了怔，很小声地对他说："谢谢。"

老板娘离开后，沈冰清放下手机，迫不及待地拿起塑料刀："我来切！先给你切一块大的！"

"等一下，"他开口阻止她，伸手把塑料包装袋里的蜡烛拿了出来，一支一支地插在了蛋糕上，又用打火机将蜡烛逐一点燃，"先许愿。"

"不过生日也可以许愿吗？"她蒙蒙地问。

"可以的。"他安静地望着她说。

沈冰清开心极了，眨着漆黑明亮的眼睛，盯着十三根蜡烛上摇曳闪烁的光芒，绽开了甜美的笑容。她双手合十放在胸前，轻轻闭上了眼睛，又突然睁开眼，满怀期待地问他："那我可以多许几个愿望吗？"

"好。"他笑着说。

沈冰清："那……我要许三个！

"分给你一个，谢谢你请我吃蛋糕！

"第一个愿望。

"我希望吴阿姨的病快快好起来，以后再也不生病，吴皓再也不气她。我希望她可以永远陪着我。

"第二个愿望。

"我希望,自己和好朋友们可以身体健康,成绩进步,每天都开开心心的,没有烦恼。

"第三个愿望。

"我希望——"

她顿了顿,似乎认真思索了很久才终于鼓起勇气开口:"我希望——谢阳阳考不上实验中学。"她的声音低了下去。

谢泽阳抬眼看她:"你说什么?"

"没有,我逗你的。"沈冰清直起身来,望着蛋糕上荧荧跃动的烛光重新开口。

"第三个愿望,我希望谢阳阳可以顺利考上实验中学。"

她缓缓闭上眼睛,神情极为专注,语气虔诚而郑重:"我的第三个愿望——是希望谢阳阳所有的愿望都可以实现。"

她话音落下的一瞬间,世界仿佛突然被消了音。时间在这一刻凝滞,周围的空气似乎都不再流动。

谢泽阳怔怔望着眼前的女孩,眼角微微泛红。

他没有想到她会为他许下这样一个毫无保留的愿望。

他更没有想到,她的烦恼和她的愿望,竟然全都和他有关。

"愿望许完啦!"她睁开眼睛,鼓起腮将蜡烛一口气吹灭,然后拿起手边的塑料刀说,"快来吃蛋糕!"

说完,她把切好的第一块蛋糕递给了他。

谢泽阳虽然不爱吃甜食,但还是接过蛋糕,拿起塑料叉舀了一块,放进嘴里。

"好吃吗?"她问他,"是不是超级好吃?"

"嗯。"他不由自主地答,"很好吃。"

"那下次等你过生日,我也给你买黑森林!我要给你买一个比这个还要大的!"她笑得眉眼弯弯。

"好。"他垂下眼睫,望着手里的蛋糕,轻轻抿起嘴角。

开学后的英语课上,谢泽阳正低头写笔记,突然注意到沈冰清从书包里摸出一本小册子来,杵着胳膊一页一页地翻。

"沈冰清!看什么呢!给我拿上来!"英语老师发现后,立刻怒吼道。

沈冰清被吼得打了个激灵,正急急忙忙想把小册子藏起来,却被齐辉转过头一把抢走,拿着小册子一个箭步冲上了讲台。

"齐辉你大爷的!"沈冰清气得不行。

"实验中学中考上岸秘籍——速提100分不是梦。"英语老师念了一遍小册子封面上的标题,不禁笑了,表情微妙地打趣道,"沈冰清,想考实验中学,提高100分可不够。以你现在的成绩,起码得提个300分吧!"

"所以她买了三本!"齐辉高声说。

"齐辉你是不是欠儿的!"沈冰清彻底爹毛。

全班同学哈哈大笑起来,谢泽阳也没忍住,轻轻勾起嘴角。

"班长笑了!"忽然,他身边有同学大喊。

其他同学立刻跟着起哄:"老师,连班长都笑了!"

谢泽阳及时收敛了笑意,写字的动作没停,余光瞥了旁边的沈冰清一眼。只见她撇着嘴闷闷不乐,蔫巴巴地把头埋进双臂,下巴抵在桌面上,默默蜷成了一个橘子。

"哎,沈冰清,你的秘籍,不要啦?"

随堂练习的时候,英语老师把小册子放回到她的桌角,被齐辉不小心碰掉。齐辉帮她捡了起来，转头问她还要不要，她闷不吭声。

"行，你不要我就充公了。"齐辉把小册子扔给谢泽阳，"你帮她保管吧，班长。"

沈冰清依旧趴在桌子上谁也不理。谢泽阳翻开小册子，一眼看到了她用荧光笔在扉页上画下的一幅简笔画。

实验中学的校门口，有一个扎着丸子头的小女孩。周围还有一些人，看着像小女孩成了他们中的一员。千军万马过独木桥，她和他们一起来到了实验中学。

小女孩的胸前戴着一个小胸牌，上面写着"SQQ"。

谢泽阳目光落在小女孩身旁的一个小男孩身上。这个小男孩没有戴胸牌，看上去和周围其他人没有什么不同。然而唯一不一样的地方是，小男孩和小女孩紧紧挨在一起，并排站在了实验中学的校门口。

小女孩四周画了那么多人，但都和她隔着一段距离。只有小男孩站在她的身边，和她离得最近，近到他们好像会永远在一起。

永远在一起。

他拿起笔，没忍住在这个小男孩的胸前也画了一个小胸牌，随后笔尖一顿，环顾了一下四周，不动声色地在胸牌上写下了三个字母——

"XYY"。

谢阳阳。

他把小册子收起来，目光重新落回到眼前的英语练习题上，心微微一颤。

沈清清，他在心底默默地问她，未来，我们要不要一起走过这座独木桥？一起并肩站在实验中学的校门口？

因为我真的不想和你分开。

因为我真的很想很想，可以永远和你在一起。

第九章 / 酸涩

"她说，和我做同桌，她并不开心。"
——谢泽阳的日记

第二天一早，谢泽阳走进教室，看见一群人将他的座位围得水泄不通。

"谢泽阳，我们一起考实验中学吧！

"然后，我们一起努力，一起考清华！"

齐辉高举着一张信纸，声情并茂地大声朗读，又捏着嗓子道："哟——原来班长要考清华啊？"

其他人纷纷起哄。

"单艺迪怎么知道班长要考清华？我们可谁都不知道！"

"哎哟，就是！班长可从来没跟我们说过想考什么大学！单艺迪怎么知道的啊？"

"我知道八卦内幕！小学的时候，班长和单艺迪一起竞选过大队长。本来班长的票数已经比单艺迪多了，但单艺迪哭着来找班长，后来班长居然主动放弃了！"

"哎哟——"教室里瞬间炸了锅，喧闹的起哄声此起彼伏，吵得谢泽阳太阳穴直跳，心里一阵烦。

莫名其妙地，他下意识地看了眼沈冰清的反应。

他看见她正和大家一块起哄，不仅专注地听八卦，眼里闪烁着好奇的光亮，还兴奋雀跃地带头拍手鼓掌。

谢泽阳突然觉得心口一窒，烦躁的情绪更重，如洪水般无法抑制地汹涌而出。

"齐辉，你快把信给我看看！"沈冰清凑热闹凑得越发起劲儿，踮起脚跳着去抢齐辉手中高举的信。

"人家可是作文得满分的人！"齐辉瞥了她一眼，语气夸张，"咱们整个年级可只有她和班长的作文得过满分！"

齐辉斜着眼："你看得懂吗，沈冰清？啊，不对，应该说，你能把字认全吗？小学生！"

"闭嘴！"她朝齐辉吼道。

教室广播突然传来响动。

谢泽阳气恼地吼了一句："所有人都安静！听广播！"

嘈杂吵闹的教室这才稍稍安静下来，广播里值周老师的声音无比清晰地穿透了教室。

"现在汇报一下上周的值周情况。

"初一（1）班谢泽阳、初一（2）班单艺迪两名同学作为我校的优秀学生志愿者，积极配合学校完成了上周的值周工作，提出表扬。

"初一（1）班沈冰清，不穿校服，给所在班级扣1分。"

齐辉一脸无语："大姐，你的校服呢？"

"丢了。"沈冰清说。

"你可真行！你和流动红旗有仇吗？"

他们周围几个其他组的男生突然大声喊："班长，我申请给八组扣分！扣100分！"

"凭啥！"和齐辉同桌的八组男生吼道。

"谁让你们组员不穿校服！给班级扣分！"

"她不是我们组的！"

"对，她不是我们组的！我们组不要她了！"

"不行，必须给她扣分！而且她刚才最能起哄！必须扣100分！"

"扣100分！"

"扣100分！"

"扣100分！"

谢泽阳放下笔，猛地把桌子往前一推。前排男生正晃着椅子带头讨伐沈冰清，被这么一撞，上半身猝不及防地磕在了桌沿上。

"谢泽阳，你是不是有病……"

"小组扣分制度是你定的？"谢泽阳表情不善地问他，"不知道自己是谁了，是吗？"

"不是，我也没说啥啊，冲我发哪门子火，本来就是沈冰清……"男生不满地嘟囔，立刻被周围其他同学劝阻制止。

"班长，你消消气。"另一个男生说，"不过咱老班确实说了，给班级扣分的人必须给所在小组扣分，你可不能包庇沈冰清。"

上课铃声响起，扎堆的人群终于散开，大家纷纷回到座位上自习。

谢泽阳翻开班级簿，目光掠过"学生表现"这一栏，脑海中莫名闪过刚刚沈冰清在看到单艺迪写给他的信时兴奋雀跃的表情，和她跳着去抢齐辉手里的信时迫不及待的动作，忽然又觉得气得不行。

看到别的女生给他写信，她就这么高兴吗？

她到底在高兴什么？

他拿起笔，不知道自己在气什么，但还是一下给沈冰清扣了很多分，把她课前帮老师擦黑板、课间帮班级打开水、放学后主动替生病同学值日的加分全部给扣掉了。

他在班级簿上写她的名字，她突然伸手抢他手里的笔，抢夺之中，笔尖锋利，不小心狠狠划过她的指腹，没划破出血，但也一定很疼。

他看见她趴在桌子上哭了。

不知道是因为气他给她扣了分，还是因为手指被划疼了。

心里气闷发堵，他只扣了她没穿校服的分，把违纪栏里刚写下的她的名字画掉，换成了他自己的名字。

那天之后，他们陷入冷战。谢泽阳没主动说话，沈冰清也安静得出奇。她一反常态不再在他耳边吵，甚至不再趴桌子上睡觉了，而是在课堂上认真听讲，在上自习的时候专心写作业。

偶尔，她会拿自己不会的题来问他，他给她讲解完，她只是淡淡地说一声谢谢。

某天中午，沈冰清被语文老师叫到辅导教室重考晨考。语文老师同样叫了谢泽阳，又叫了单艺迪，让他和单艺迪帮忙批改昨天布置的古诗文默写卷。

他刚批了几张，教导主任突然从教室门口急匆匆走进来。

"学校急着要交一篇征文，要电子版的。你现在找个作文写得好的学生去你办公室的电脑上写，你帮着修改一下，改完之后马上发到我邮箱。"

"行。"语文老师说，"谢泽阳，你跟我走。"

"好的，老师。"他放下手里的红笔，答应道。

语文老师接着说："单艺迪，你留在这里，负责给沈冰清辅导，保证让她把晨考卷上的题全会做了。"

"好的老师，保证完成任务！"单艺迪眨眨眼说。

"我不要！"沈冰清立刻摇头拒绝，"老师，我不想让她给我辅导！"

语文老师冷着脸："你要是不错这么多题，能需要辅导吗？别想拖延，放学之前必须把晨考通过，不然我给你爸打电话！"

"谢泽阳，跟我去办公室。"说完，语文老师转身走出辅导教室。

谢泽阳起身正要跟上去，突然被沈冰清紧紧抓住了手臂。

"谢阳阳！我不想让她给我辅导。"她委屈巴巴地看着他，声音里带着乞求。

他脚步一顿，被她握住的手臂微微僵住，心里忽然有些难受。

他喉结微动，正想跟语文老师说他回来之后可以给她辅导，突然听见语文老师转头说："放学之前完成不了任务，就让你爸来学校找我！"

沈冰清不再吭声，默默地松开了握住谢泽阳手臂的手。

征文稿写了将近一整节课，刚修改完毕，团委老师又喊谢泽阳去操场参加下周中考壮行仪式的彩排。

天色渐渐暗下来，打放学铃时，彩排还在进行，负责值日锁门的同学帮他把书包带到了操场。

等终于忙完回到家里，他写了一会儿作业，在喝水休息的间隙，目光瞟了眼放在桌边一直没有动静的手机。

好像自从上次他给沈冰清扣了分，她就再也没有给他发过消息。

他拿起手机，点开和她的微信聊天页面，发现他们上次的聊天记录还停留在半个月前。

他这个人一向这样，和人闹矛盾很少服软，从不主动求和，最擅长搞冷战，没人能战得过他，仿佛只要这样就能证明他是赢家。

然而像他现在一样，心绪不宁，煎熬难耐，也能算得上赢家吗？

谢泽阳想起下午自己急着去写征文稿，担心沈冰清被语文老师叫家长，不顾她可怜巴巴的乞求，让她和单艺迪一起留在了辅导教室。

她说不想让单艺迪辅导她。

她不愿意和单艺迪单独待在一起，她不喜欢单艺迪，想让他帮帮她。

可他却没有帮她。

他思前想后，决定明天早起去给她买橘子糖吃，为了能让她开心一点，顺便缓和一下他们之间的关系。

"真没见过这么没心没肺的。"

翌日清晨，谢泽阳刚到学校，还没进教室，就被语文老师喊到办公室取晨考卷。办公室里，两个老师正坐在座位上聊天。

"沈冰清真在辅导教室里睡了一宿？"

"听说还来例假了，早上保安开门的时候，看见她小脸煞白，嘴唇都没血色了。"

"她痛经一直挺严重的，每次都请假不做课间操，还总上课趴桌子上。我一开始还以为她是装的，后来才发现是真的。"

"估计是体质不行，又没人管，自己也不知道去医院看看。"

谢泽阳迅速抱起办公桌上的卷子，一路朝教室飞奔过去，刚跑进门，就一眼看见了正披着校服外套埋头趴在桌子上的沈冰清。

"干吗呢，阳哥？啥事这么急啊！"坐在门口位置的男生惊讶地问。

谢泽阳把手里的卷子塞给那男生，放缓呼吸，动作很轻地走到了座位上。

头顶的风扇呼呼作响，吹打着她微微瑟缩的脊背。他侧身关掉墙上的风扇开关，校服边缘不小心刮到她的手臂，她眉头动了动，缓缓睁开了眼。

"谢阳阳。"她喊他的名字,嗓音带着沙哑。

"我昨天……把语文晨考的错题都改完了,重考也得了满分。

"昨天的作业我也都写完了。

"今天要考的古诗我也都背会了。"

她眨了眨眼睛,笑着问他:"我厉不厉害?"

明明她一直在笑,他却只觉得刺眼。他心里堵着气,翻出手边的卷子,笔下写字的动作没停,一直没理她。

"班长!二班的单艺迪找你!"坐在门口的男生突然回头冲谢泽阳喊。

谢泽阳"啪"地放下笔,立刻起身朝教室门口走过去。

"咱们今天下午几点彩排?书记说完我给忘了,主持稿你昨天回家又改了吗?我改了一版,你要不要再和我一起看看……"单艺迪连珠炮似的问他。

他没回答她的问题,沉默了片刻,开口问她:"昨天下午是怎么回事?"

"什么?"单艺迪一愣。

"沈冰清被锁在辅导教室了。"他说。

单艺迪脸上的表情僵住,半晌后轻轻扯了下嘴角:"没办法,谁叫她非要把题做完才肯走。我让她和我一起走,她不答应。

"我听说她被困在里面了,但这是因为她自己不提前了解校规,不知道什么时间锁门封楼,和学校没关系,和我更没有关系。

"我已经提醒过她了。"

谢泽阳:"知道了。"

他转头就走。

"你还没问答我呢!下午几点排练?谢泽阳!"

他依旧没说话,脚步也没停。

谢泽阳回到座位,发现沈冰清又趴回了桌子上。

上课铃响起,班主任走上讲台,目光落在沈冰清身上,皱眉问:"沈冰清,怎么又趴桌子?"

"老师,她刚才说她肚子疼。"齐辉举手说。

"能坚持住吗?用不用去医务室?"班主任接着问,见沈冰清没反应,喊了一声她的名字,"沈冰清!"

"怎么回事儿?睡着了?"班主任下巴抬了抬,"谢泽阳,把她叫醒。"

谢泽阳拍了下沈冰清的肩,注意到她轻轻吸了下鼻子。

她哭了。

他落在她肩上的手僵住,突然有些无措。

是因为肚子疼吗?

这么疼吗?

他收回手,从自己的桌箱里抽出了两张面巾纸,默默塞进了她的手心。

"老师,沈冰清哭了!"齐辉回头注意到谢泽阳的动作,举起手,大声说道。

"沈冰清,怎么哭了?"班主任问。

"没事,老师,"沈冰清攥着面巾纸抹了把脸上的泪痕,带着鼻音含糊地说,"肚子有点疼。"

"用不用去医务室看看?"

"不用,老师,我趴一会儿就好了。"她说。

"行,实在坚持不住就举手。其他同学,把昨天留的作业卷找出来。"

班主任开始讲题。

谢泽阳在埋头写笔记的间隙瞥了沈冰清一眼,注意到她依然趴在桌子上没有动。

他放下笔,正想举手和班主任说带她去医务室,就看见齐辉举起了手。

老师问:"怎么了?齐辉?"

"老师,"齐辉笑嘻嘻地指了指教室门口,"我看沈冰清还是挺难受的,我可以去校医室给她拿个止痛药!"

"老师,我也能去!"

"老师,我也能去!"

后排几个男生瞬间起哄喊道。

"谁都不用去!"班主任一眼看出他们的伎俩,怒声说道,"都给我抬头,认真听课!"

班主任紧接着说:"谢泽阳,你去。"

谢泽阳很快去医务室拿了药回来,顺便把沈冰清的杯子接满了温开水。

他轻声喊她:"先起来,把药吃了。"

见她没反应,他又喊了一声:"沈清清……"

"谢泽阳在不在?出来一下!"老师已讲完卷子,此时是小组自由讨论时间,团委老师出现在教室门口喊他出去。

谢泽阳有些犹豫,恰好看到江萌走过来。

"把药给我吧。"江萌用手语向他比画。

谢泽阳顿了顿,把手里的药递给她,示意她可以坐在他的座位上。

团委老师让谢泽阳到办公室校对了一遍修改后的主持稿。从办公室回教室的路上，谢泽阳忽然想起早上给沈冰清买的橘子糖，摸了摸校服口袋，把糖拿了出来。

他握着糖下楼梯，身后几个推搡打闹的男生不看路，猛地撞上了他的后背。他一只手紧紧抓住楼梯扶手，另一只手里的糖却不小心掉落下去。他眼疾手快，前倾身子去接，手肘不小心蹭过扶手下方铁质栅栏的尖角，划破了皮，带出一道不浅的血痕。

斑斑点点的血迹在他的视野里逐渐变大，他弯下腰直直盯着地面，眼前一片眩晕模糊。额角冷汗淋漓，他强忍住手臂上的疼痛和强烈想要呕吐的冲动，吃力地抓紧了楼梯扶手。

"没事吧？同学！"撞到谢泽阳的男生匆忙过来扶住他。

他咬着发白的嘴唇，摇了摇头，缓缓张开手掌，看了眼自己刚刚接住的橘子糖。

幸好，糖没有碎。

意识逐渐回笼后，他没有理会手臂上的擦伤，匆匆走回了教室。他走到班级门口时，看到沈冰清正和江萌坐在一起聊天。

"你就坐这儿吧！真没事，他不是还没回来嘛。"沈冰清摇着江萌的胳膊说。

江萌无奈地答应，用手语问："肚子还疼吗？"

"吃完药就不疼啦！"沈冰清看着她笑，侧头靠在她肩上，撒娇地说，"萌萌，我要是能和你做同桌就好了。你语文也好啊，不知道为什么老班非要让我和他做同桌。"

江萌试探着问："你不想和班长做同桌吗？不开心？"

"一开始还挺开心的，因为……"沈冰清顿了顿，扯起嘴角，云淡风轻地笑笑说，"因为我想让他给咱们组加分嘛！

"但后来我意识到,其实加不了几分。"

"现在我才终于发现,原来和他做同桌,我并不开心。"

谢泽阳站在原地,手指下意识地蜷缩收拢,指尖抵在了他掌心紧握的橘子糖上。心脏像是突然被紧紧攥住,闷得他有些喘不过气。

"班长?你怎么站门口啊?"走在谢泽阳身后的男生诧异地问道,"你不进去吗?"

谢泽阳摇了摇头,嘴角露出苦涩的笑意,侧身给他让出了位置。

第十章　/ 离别

"她要转学了，我没敢抬头看她。我想和她说话，却什么都没能说出口。"
　　　　　　　　——谢泽阳的日记

　　谢泽阳曾经相信没有人会比他更擅长冷战。

　　然而这次他只是和沈冰清持续了半个月没怎么说话，却莫名觉得心烦意乱，前所未有地憋闷难受。

　　那天，沈冰清对江萌说，和他做同桌，她并不开心。

　　以前，在她无数次追着他跑，给他带零食，逗他开心，让他给她讲题的时候，他以为她会是这个世界上第一个没那么讨厌他的人。

　　他知道自己的个性并不讨喜，一直都知道。

　　许多曾经说过喜欢他的女生，在和他接触过一段时间后，都会觉得他实在沉闷无趣，不愿意再理他。

　　他本以为沈冰清会和别人不一样。

　　然而事实证明，曾经有多少热情燃烧，此刻就有多少热度冷却。在见证了他热不起来的性格之后，她也一样不想再理他了。

　　可他不知道自己为什么会这么难受。

　　难受到让他第一次觉得，自己主动一点也没关系。

　　主动一点也没关系，让他做什么都没关系。

　　只要，能让她开心一点。

他想让她因为他而感到开心,他想让她喜欢和他做同桌,而不是讨厌他。他不想看到她和班上其他同学能那么亲昵地嬉笑打闹,却偏偏连一个眼神都不愿意分给他。

傍晚放学后,谢泽阳来到妈妈的鞋店帮忙,注意到柜台的置物架上摆放着一双他以前从没见过的女鞋。

这双鞋很漂亮,是小女孩穿的鞋,他刚走进店里,便被这双鞋夺去了目光。

"这双鞋好看吧?可惜不好卖,很多客人都嫌贵。"谢妈妈说,"刚才还来了几个家长让孩子试了鞋,但接受不了价格,试完就走了。"

谢泽阳看了眼标价,一双四位数的鞋,确实很贵。

可他好喜欢。

因为他莫名觉得,这双鞋很适合一个女孩。

"妈,"他犹豫着开口,"这双鞋,您能卖给我吗?"

谢妈妈一愣,笑着问他:"你这孩子,想把这双鞋送给谁啊?"

"送给……一个同学。"他喉结滚了滚,接着补充道,"普通同学。"

"我和她闹了点矛盾,她之前也送过我礼物……可以吗?妈?"他语气试探,目光带着乞求。

"那你打算用什么钱买?"

"我今天刚发了奖学金,可以先用奖学金买吗?"

"不用你的奖学金。"谢妈妈伸手揉了揉他的头,把这双鞋从鞋架上取下来装进了鞋盒,递给他,"就当是妈提前送给你的生日礼物,可以吗?"

"谢谢妈!"谢泽阳抬头笑了,立刻道谢。

第二天早上，谢泽阳抱着鞋盒来到教室门口，看到正趴在桌子上睡觉的沈冰清。

他捧着鞋盒的手微微渗出了汗，心中忽然有些忐忑。

如果他把这双鞋送给她，她会开心一点吗？

她会不再讨厌和他做同桌，能像以前一样每天对他说很多很多话吗？

他该怎么把这双鞋送给她？

无论如何，他还是应该先向她道个歉。

谢泽阳正思索着，一个从他身侧走过的男生突然回头对他说："班长，你还不知道吧！你终于要摆脱沈冰清了！"

"我刚刚在老师办公室听说，她下学期就要转学了！"

"转学？"谢泽阳思绪骤然一停，心脏像是猛地被抽空了一块。

"没错，听说她爸让她转学去市一中。"男生答道。

谢泽阳魂不守舍地走到座位上，看了眼身旁熟睡的女孩，把鞋盒放进桌箱里，顿了顿，又将它拿了出来。

为什么忽然要转学？是你爸一定要让你转的吗？

可以不转吗？

如果一定要转的话，那……可以告诉我你准备去哪个高中吗？

其实我不一定非要去实验中学的，市里的其他高中也可以。

或许，我们可以一起去。

我想和你一起去。

他按在鞋盒上的手指蜷缩了一下，犹豫着正要开口，一个抱着一大捧鲜花和一个精致鞋盒的女生突然从教室门口兴冲冲地飞奔过来。

"清清！清清！"女生跑到沈冰清的座位前，兴奋地把她喊醒。

谢泽阳把鞋盒塞回桌箱，顺手拿起昨天收上来的班费，低头数了起来。

"你快看我手里的东西!"女生摇着她的手臂,"我刚刚去门卫室打电话,门外一个帅哥让我拿进来给你的!"

谢泽阳手上的动作顿住,目光跟随女生说的话,朝窗外望了过去。

一个身形高挑的男生正双手插着裤兜,懒懒倚靠在校门一侧的围墙边,神情散漫不羁,看着像是在等人。

"……好,谢谢。"沈冰清眯着眼睛醒了会儿神,迷迷糊糊地从女生手里把东西接过。

"清清,他是谁啊?长得好帅好帅!"女生问。

"他是……我发小。"她把手里的鲜花和鞋盒塞进桌箱,淡淡回答道。

"他是哪个学校的?放假这么早?"

"他是……市一中的。"

"市一中?市一中不就是你要转过去的学校吗?"

"嗯,我就是要转去他们班。"

谢泽阳指尖一颤。

原来沈冰清是要转去好朋友的学校和班级。

她在作文里写过的,她最好的朋友在市一中。她在这个学校里没有什么要好的朋友,除了江萌。

女生立刻会心一笑,感叹道:"你也太幸福了吧!羡慕死我了!"

"我也好想有一个这么帅又这么有钱的发小!"女生凑了过来,笑嘻嘻地挑眉问她,"他是个富二代吧?我看这束花和这双鞋,价格不菲的样子。"

谢泽阳出了神,回神后发现自己早就忘了还差多少班费没数,只好从头再来。

沈冰清说:"他长得是挺帅的,就是人有点傻。"

"所以才是你发小啊!"女生说。

沈冰清反应了一会儿才恍然大悟,立刻伸手去打她:"你说谁傻!"

女生往后一躲,沈冰清的手臂探过来,却不小心碰到了谢泽阳的侧颈。

谢泽阳数班费的动作一顿,旁边沈冰清的动作也跟着顿了顿。

"对不起。"她尴尬地说道。

"没事。"他淡淡回应。

他继续数着班费,注意到她一直在盯着他看,欲言又止。

"谢阳阳,"她忽然喊他的名字,"我要转学了。"

"嗯。"

"你——你会想我吗?"她说话的声音很小很轻,像来自遥远太空的幻听。

"哟!让我看看是什么好东西!"齐辉不知什么时候来到了座位上,发现了沈冰清桌箱里的鞋盒,"不是吧?你在哪儿买的!这可是AJ最新款!巨巨巨贵!"

齐辉很是八卦:"谁送的,谁送的?快打开给我看看!"

"你别抢!"沈冰清没好气地吼他。

"哎哟,这么宝贝这双鞋!快老实交代,谁送给你的?"

"谢泽阳!"单艺迪突然捏着一摞班费从教室门口走进来。

"你们班的班费收齐了吗?主任让我问问你,她说班费最晚在上课之前就得交。"

"嗯。"他鼻腔莫名泛开涩痛,淡声说,"马上。"

下午放学前，班主任为沈冰清组织了一个欢送仪式。临别之际，她背着书包站在教室门口，看着同学们一一起身上前和她道别，喉间一哽，眼泪夺眶而出。

忽然有女生大喊了一句："清清，你快看窗外！"

大家闻声纷纷扭头望了过去，看到一个外校的男生正站在学校门口，学着她的样子，眉毛皱成八字，嘴巴噘得老高，故意扮丑取笑她。

她不再哭了，一瞬间被逗得破涕为笑。

谢泽阳忽然想起了前几天沈冰清对江萌说过的话。

她说，她在这里并不开心。

她说，和他做同桌，她一点都不开心。

"来，大家都抬起头。"班主任敲了下讲台，呼吁同学们，"我们一起和沈冰清同学道个别，以后很可能再也见不到了啊。"

班主任话音刚落，谢泽阳注意到她又哭了。泪水沾湿眼睫，顺着脸颊一滴滴滑下，她却还是强撑出了笑容，和全班同学挥手道别。

他双眼泛红，喉咙干涩发紧，装模作样地低头看书，自始至终没有抬头去看沈冰清。

不知道是因为不想看见她哭，还是因为害怕自己会露出破绽，被她捕捉到自己此刻情绪的反常。

很快，放学铃响。

谢泽阳挎着书包走出校门，无意中看到沈冰清正和那个男生并肩走在前面的不远处。相隔几步的距离，他不会被他们注意到，又可以听见他们的说话声。他刻意维持着这个距离，默默跟在他们身后。

沈冰清的发小丁峻明说："还伤心呢？来和哥混，不高兴吗？以后既能摆脱你爸，还能跟着我吃香喝辣，多好。"

他好奇地问道:"不过说真的,你爸干吗非让你转学啊?"

"因为我和他说,我想考实验中学。"沈冰清说。

"实验中学?"丁峻明一脸震惊,"一年不见,你志向什么时候这么远大了?"

丁峻明不解:"我是被我爸逼着去读没办法,光光是自己想去,你去干吗?上赶着给自己添堵?"

"我想好好学习了,不行吗?"沈冰清反问他。

"而且……"她欲言又止。

"而且什么?"丁峻明问。

"而且……我想你和光光了,就想和你们在一个学校才开心,不行吗?"她说。

"……一个动不动就不回我俩信息玩失联的人,居然能说出这种话。"丁峻明无情地吐槽,"unbelievable!"

"咱们现在去哪儿玩?"她岔开话题。

"今晚跟我去市里玩儿呗。光光说晚上给咱们烤串,咱仨弄个海边BBQ,炫酷不?"

"那是环城路河边BBQ。"沈冰清冷冷地拆台。

"你猜我买了多少东西?一箱冰红茶、一箱百事可乐,外加五百多块钱的串!"丁峻明兴奋地说。

"……你开个Party算了。"沈冰清没好气,"吃不了,赶紧退了。败家子。"

"我吃得了。"

"行,那你吃吧。胖不死你。"

"沈冰清你今天怎么回事?吃了枪药啊?"丁峻明莫名其妙,注意到她情绪不对,碰了碰她的胳膊,轻声问,"还不开心呢?

"你要是真舍不得他们，我劝你就别转了。反正我们学校也没啥好的，唯一的好处就是能和帅气的我和帅气稍逊于我的光光共处两年……"他滔滔不绝地开解她。

"小明同学。"

"咋了？"

"没事，就是你脸太大，挡到我看路了。"

丁峻明闻言一愣，反应过来后被气笑了，讽刺还击道："沈冰清，你可以啊！看来和语文课代表做同桌就是不一样，比以前更会挖苦人了！"

沈冰清忽然不再吭声。

"怎么了你，怎么不说话了？哭啦？真哭啦？"丁峻明注意到她脸上猝不及防滑落的眼泪，连忙找出纸巾递给她，"别哭啊你，真不想转咱就不转了，我现在就去找你爸说！"

沈冰清哭得肩膀颤抖，一边埋头抹眼泪，一边抽噎着说："别！你别去！"

她抽抽搭搭地哽咽道："我想转学，很想很想。"

"好，那你赶紧把眼泪擦了，我现在就带你去车站。"

"哭得丑死了。"他说。

两人加快了脚步。

谢泽阳却停了下来，胸口剧烈起伏，沉默注视着两个背影渐渐消失在视线中。

第十一章 /想念

"沈冰清，我很想你。连我自己都不知道，我会这么想你。"
——谢泽阳的日记

沈冰清转学离开后，谢泽阳发现，自己有些低估了"两年"这个时间概念。

曾经他以为，他们只不过是分开两年的时间。

反正沈冰清说了，她也考实验中学。

可现在他忽然发现，两年，是七百三十天。七百三十天，三千多节课，三千多个课间，将近一千次上学放学。

那天之后，每天响在他耳边的那声"谢阳阳"，他再也听不见。

一次模拟考试上，他前所未有地发挥失常，一下跌出了年级前十。从班主任办公室取回成绩单后，班上几个男生围到谢泽阳桌前，在看到他的成绩排名时表情惊愕。

"咋回事啊，班长？现在终于没有沈冰清天天吵你了，你咋还发挥失常了呢？"

"千万稳住啊，班长！咱学校就指望你能拿第一考上实验中学呢！"

"是啊，你别看他们现在考得比你好，其实没人能'卷'得过你！"

"你可是'卷王'！"

谢泽阳心脏忽然颤了颤，点点头说："嗯。"

又逢母亲节，谢泽阳走在放学回家的路上，看到一个扎着双马尾的小女孩正站在路边的花店门口卖花。

小女孩问他："哥哥，买花吗？"

他脚步顿住，蹲下来问她："还有多少没卖完？"

"还有……七枝。"小女孩数了数说。

"好，都卖给我吧，早点回家。"谢泽阳笑了笑，一边付钱一边对她说。

他低头凝视着捧在怀里的康乃馨，忽然想起了沈冰清临走前问过他的那个问题。

她问："你会想我吗？"

会想她吗？

教室里没有沈冰清，走廊里没有沈冰清，放学路上还是没有沈冰清。整个县城里，哪里都不再有沈冰清，所以原本鲜活生动的景物都像是失去了生命，变成了一个又一个没有意思的空壳。

这样的感觉，就是想念吗？

回到家里，谢泽阳把康乃馨插进客厅茶几上的玻璃花瓶，听见了妈妈从房间里传来的咳嗽声。

前段时间气温骤降，加上过度劳累，谢妈妈发高烧感染了肺炎，却因为舍不得花钱，一直吃药扛着，说什么都不肯去医院。

他接了杯温水，走进房间把杯子递给妈妈，轻声说："明天陪您去医院看看，别拖了。"

"行。"谢妈妈说。

"考试成绩出来了？"谢妈妈看了他一眼，试探着问，"没考好？"

"嗯。"他垂头承认。

"来，挨着妈妈坐一会儿。"谢妈妈起身拉着他的胳膊让他坐下，抬手轻轻摸了摸他的头发，语气温柔地问他，"阳阳，你跟妈妈说实话，是不是真的很想去实验中学？"

他没说话，眼眶一热，心口一阵酸痛。

"没事，你要是真想去实验中学，就算是借读，妈妈也一定想办法赚钱供你去。别有太大压力。"

谢妈妈说着，下床走到衣柜前，翻出了一套新买的运动服："来，看看妈今天逛街给你买的新衣服，快穿上试试！"

"怎么又给我买衣服？"

他下意识地看了眼价格标签，很贵。

"前阵子我不是和你说，市里的一个小姑娘总在我这儿订鞋吗？最近鞋卖得多，妈开心，想给我儿子好好打扮打扮！"

"学校让穿校服，您给我买衣服，我也穿不上。您给自己多买几件。"谢泽阳说。

"那就留着周末和寒暑假穿！"谢妈妈说，又问，"对了，之前你让我给你的那双鞋，你说是要送同学的，最后送出去了吗？她喜不喜欢？"

"没有。"他喃喃道，"她有更好的鞋，别人送给她的。她应该……不会想要那双鞋。"

"你这孩子！人家有没有别的鞋，和你送不送给人家，是一码事吗？再说了，鞋还没送出去呢，你就在这儿断定人家喜不喜欢？"谢妈妈继续说，"妈还不了解你？她要真是个贪慕虚荣的孩子，估计你也不会愿意和她交朋友，还想着送人家礼物。"

谢妈妈嘱咐道："等下次见面，你记得把鞋送给人家！"

"好。"他答应说。

吃完晚饭,谢泽阳回到书桌前按亮台灯,翻开试卷准备写试卷分析。他伸手去翻书架上的稿纸本,忽然注意到平放在书架最上面的橙色礼盒,把它拿了下来,将里面的相框取了出来。

——"生日快乐呀,谢阳阳同学!"
——"送给未来最出色的物理学家,谢阳阳工程师!"
——"最初的梦想,绝对会到达。"
——"我希望谢阳阳可以顺利考上实验中学。"
——"我的第三个愿望,是希望谢阳阳所有的愿望都可以实现。"

他的指尖轻轻触摸上冰凉的玻璃表面,恍惚间,他好像透过它又看到了那个总爱穿橙色羽绒服的,蹦蹦跳跳一直追着他跑的"小橘子"。

沈冰清。

不知盯着相框恍神了多久,他缓缓拿起笔,下意识地在稿纸本上写下了她的名字。

"沈冰清。"

他目光顿了顿,又在后面补上了一句。

"我很想你。"

沈冰清,我很想你。

连我自己都不知道,我会这么想你。

那你呢?

有一起长大的朋友陪在身边,你一定过得很开心吧。

你还会……想起我吗?

他静静注视着自己最后写下的问句,直到眼角酸痛难忍,才将这页纸撕下来放到一边,开始在稿纸本上写试卷分析。

时间过得飞快。

自从步入初三起，语文老师会把每次考试中的满分作文推荐给市教研员，教研员们会把这些满分作文编写到一部《中学生优秀作品选》中。

听说以前他们学校的林絮学姐就在这部作品选上发表过作文，这位学姐后来去了实验中学读高中。和谢泽阳住同一个小区的叶潇学姐的作文也曾经在上面发表过，叶潇学姐当时是以全市第一名的中考成绩被实验中学录取的。

中考前夕，谢泽阳在模拟考试中写的作文被选中发表在了这部作品选上。得知这个消息后，他忽然想起语文老师曾经说过，市一中的老师们很喜欢让自己的学生摘抄作品选上的满分作文。

所以，他开始忍不住去想，沈冰清会不会在作品选上看到他的名字。

如果能看到的话，是不是就意味着，她不会太快忘记他。

他害怕她会忘记他。

"班长，你猜我在作品选上看见谁的名字了？"

"沈冰清！"

"一开始我都惊呆了，结果一看标题，是个绘画专栏。"

"你别说，她画画还真挺好看的，给你看看！"同桌男生把刚发下来的作品选递给了谢泽阳。

谢泽阳伸手接过来，一眼就看到了纸页最上方印着一幅色彩斑斓的油彩画。

画中有四个人，人物下方分别用拼音写着"Guangguang""Xiaoming""Mengmeng""Wu Ayi"。

光光，小明，萌萌，吴阿姨。

这幅画的标题，叫《最重要的人》。

她心中最重要的人，只有他们。

没有什么别的人。

最近成绩波动太大，体育课上，谢泽阳被班主任约到了办公室谈话。和他一起被班主任约谈的，还有最近成绩同样不太稳定的江萌。

和江萌一起从办公室走回教室时，他问江萌打算考哪个高中。

江萌安静了片刻，用手语向他比出了"实验中学"四个字。

"你呢？"她问。

沉默许久后，谢泽阳扯了下嘴角说："和你一样。"

"那我们一起努力。"她笑着朝他比了个"加油"的手势。

"好。"他说。

"我可以问你个问题吗？"走进教室里，他再次开口问她。

江萌示意他直接问。

"我看了你这次发表在作品选上的那篇作文。

"你说，有些感情转瞬即逝却不枉此生。而有些人之间，相遇即是团圆。"他说。

江萌听完停顿片刻，从座位上拿出了一张便笺纸和一支笔。

"我觉得，有时候是这样的。"她写道，"比如某一刻，你遇见了一个人，他带你走进了一个全新的世界。

"从那一刻起，你发现，你的人生忽然有了焕然一新的光彩。

"哪怕后来你见不到他，甚至他不记得你了，也没有关系。

"因为你相信，在两个世界的交接点，你们一定还会再相见的。"

谢泽阳静静看着，微微有些失神。

"我好像明白了很多，谢谢你。"他说。

"不客气。"江萌冲他笑笑，然后走上了讲台，拿起粉笔开始在黑板上写今天的"每日格言"。

"我身上有一个不可战胜的夏天。"

谢泽阳仰头望着江萌写下的这句话，莫名觉得有些熟悉。他回到座位上，翻开了手边的作品选，注意到印有江萌的作文这一页的下半部分，是一个励志名言推荐的专栏——

专栏里的内容映入了他的眼帘。

我身上有一个不可战胜的夏天。

选自：加缪《夏天集》

推荐人：Y市第一中学 九年级七班 许澄光

第十二章 / 重逢

"我今天来十六班了,来给江萌送作文纸。
但我其实更想来见她,我真的好想念她。"

——谢泽阳的日记

谢泽阳来实验中学报到这天,阳光明媚,晴空万里。

中考他考了全市第一名,顺利被实验中学录取。

拿到录取通知书的那一刻,他用手指轻轻触摸封面上的烫金字迹,忽然想起了沈冰清曾经为他许下的那个愿望。

她说,她希望谢阳阳可以顺利考上实验中学。

她还说,她希望谢阳阳所有的愿望都可以实现。

当他在分班大榜上看到沈冰清的名字时,他知道,他所有的愿望都已经实现了。

因为他所有的愿望都与她有关,而她终于重新回到了他的世界里。

谢泽阳被分到了高一(1)班,沈冰清被分到了高一(16)班。江萌也成功考来了实验中学,同样被分在了十六班。

想到这里,他心上不禁弥漫开暖意。

和江萌分在同一个班级,沈冰清应该会很开心。

一班的班主任姓徐,听说是一位非常有经验的老教师,曾经带过好几届理科重点班。教室里的座位是随机分配的，谢泽阳的同桌是今年中考的全市第二名，而他这个同桌的名字，他早已格外熟悉。

同桌名叫许澄光，正是沈冰清反复提及的那个和她同岁的表哥——光光。坐在谢泽阳前桌的两名同学一男一女，分别叫程勇和符昕雅。他们和许澄光是初中同班同学，都来自市一中。

新学期的班会上，每个人都上台做了自我介绍，班主任也利用这个机会选出了临时班委。由于初中时的工作经验，谢泽阳再次被任命为班长兼语文课代表。许澄光数学很好，被任命为数学课代表。

开学第一天晚上是语文晚自习，听说他们原本的语文老师休产假了，国庆假期结束后才能回来，这个月是新来的实习老师给他们代课。

上课铃响，一道轻盈的身影从教室门口走进来，伴随着周围嘈杂的议论声，谢泽阳从试卷里抬起了头。

"同学们好，我是你们的语文老师。我姓林。"

"林老师好！"同学们齐声问好。

林絮穿着一条复古连衣裙，娃娃脸，五官清秀，眼睛很大，齐刘海，黑长的直发披在肩头，气质端庄恬静，像民国时期的女大学生。

听说她也给十六班代语文课。

谢泽阳眼前忽然浮现出一个画面，十六班的语文课上，沈冰清在见到林老师时一定会眼睛瞬间亮起来，站起来大声喊一句："老师你真好看！"

或许还会再比个心。

想到这儿，他的嘴角不禁弯出了浅浅的弧度。

"哎，咱班这个代课老师，长得还挺可爱。"程勇突然向后一靠，偏头对许澄光说，"我猜她大学都还没毕业？看着比咱们大不了几岁。"

"人家是北大研究生，"许澄光从数学卷里抬头，"而且是咱实验中学的学姐，高考成绩 647 分，毕业生光荣榜你没看啊。"

"我的天，这么牛！"程勇惊讶道，又问，"不对啊光光，你怎么知道得这么清楚？"

符昕雅在一旁淡淡开口："你要是和他一样，能把实验中学近十年的名校录取名单倒背如流，你知道得比他更清楚。"

程勇摇头感叹："是个狠人。"

语文晚自习的作业任务是完成一张古诗文试卷，林絮发完试卷后，校领导临时有事找她，她让作为纪律委员的符昕雅负责维持纪律，然后离开了教室。

林絮刚走，程勇便立刻把卷子往旁边一扔，转过身将下巴抵在椅背上，百无聊赖地看着同样把语文卷扔在一边，正在唰唰唰做数学题的许澄光。

"光光，人家好无聊啊。

"开学第一天，一点儿都不想学习。

"你别学了，陪人家聊一会儿天嘛。

"光崽？光宝？小光光……"

"程勇。"符昕雅忍无可忍，啪地放下笔对程勇道，"自习课说话，扣 20 分，再说扣 100 分。"

程勇："不是吧，有那么多人说话，你就只给我扣？"

符昕雅："别人说话是在小声讨论问题，你在干吗？和你的小光光卖萌？"

"你……"程勇气得说不出话。

"许澄光，"符昕雅转过头，表情严肃，"我希望如果程勇再和你说话，你可以回给他三个字——'转过去'。"

"三个字太多了,一个字就够。"许澄光抬起胳膊伸了个懒腰,懒懒地往椅背上一靠,一边读题一边转着笔说。

"啥字啊?"程勇好奇,兴冲冲地问他。

许澄光停下手上的动作,静静看着他,微笑着做了个口型:"滚。"

"许澄光!"程勇腾地起身去勒许澄光的脖子,再次被符昕雅扣了 20 分。

程勇终于乖乖转回身,从手边拿过语文卷拍在桌面上,拔开笔,叼着笔帽不情不愿地写了起来。

一群活宝。

谢泽阳落在试卷上的笔尖轻颤,唇边溢出了笑意。

过了一会儿,林老师回到了教室,站在班级门口问:"语文课代表在不在?"

她看了眼手里的学生名单:"谢泽阳?"

"老师,我在。"他起身回答道。

"下课来我办公室取一下语文作文纸,再帮我给十六班的课代表江萌送过去。"

"好的,老师。"他说。

谢泽阳刚坐下,程勇再次把头转了过来:"哎,班长,十六班的那个语文课代表,江萌,是不是你初中同学?"

"嗯。"

程勇:"我听说她不会说话,但不是聋哑人,能听见别人说话,真的假的?"

谢泽阳再次"嗯"了一声。

程勇震惊:"要是每天都不让我说话,我得憋死……"

"何止每天,"许澄光一边埋头演算,一边悠悠地挖苦道,"一节自习课不让你说话都能把你憋死。"

"许澄光你！"程勇跳起来要打他，对上符昕雅扫来的一记眼刀，瞬间把手缩了回去，悻悻求饶道，"纪律委员大人，手下留情，手下留情。"

"许澄光。"教室门口，林老师的声音再次响起。

"到！"许澄光匆忙放下笔起身，手忙脚乱地扯过扔在一旁的语文卷，盖住了桌面上的数学五三。

"下课你和谢泽阳一起来办公室，把数学的学案卷也领一下。"

"好嘞，老师！没问题！"许澄光热情地答应，说完扶着桌角缓缓坐了下来。

下课铃响，林絮离开教室后，程勇乐呵呵地扭过头："看把光光吓得，都成条件反射了。"

"班长，你不知道吧，你这位同桌的光辉事迹？初三有一次月考，他数理化全满分，结果语文没及格……"程勇哈哈大笑，"而且最好笑的是，他有个表妹，初二转来我们班，总成绩比他少将近 300 分。

"结果她那次语文成绩都比他高。

"哎，光光，你可千万别告诉沈冰清啊，要不然我指定完了。"

谢泽阳笔尖倏地一颤，不小心划破了卷子。

只是听到了她的名字，他一直绷紧的神经便轻而易举地被扯断。他这才恍然意识到，短短一天的时间里，他的心不知道已经乱了多少次。

他不想再压抑自己的内心了。

他想去十六班。

他想……去见沈冰清。

他眼神垂了下去，久久注视着停在纸面上的笔尖，终于放下了笔，起身对许澄光说："走吧，去取卷子。"

去往办公室的路上,他们走到楼梯拐角处,恰好碰见了同样要回办公室的林絮。

"林老师!"许澄光开口喊她。

林絮抬眼看到他们,笑着说:"一起走吧。"

"老师,"许澄光突然说,"我能问您个问题吗?"

"当然可以,什么问题?"

"您认识叶风学长吗?"

林絮迈上台阶的脚步一顿,像是恍了神,许久没有说话。

"放假我找叶哥补语文了。"许澄光挠挠头,不好意思地笑了,"后来发现您和他同届,有点好奇。"

"找他补语文?"林絮惊讶地问道。

"口误口误,补数学。"

林絮笑了:"我就说,怎么还能找他补语文。"

"认识,我们以前是同学。"她回答许澄光的问题,又接着问,"中考数学单科状元,也需要补课吗?"

"我也不想补,我妈非让我补,让我提前预习高中课程。"许澄光无奈地耸了耸肩,"我和她PK,输了。"

"老师,是拿门口柜子里的卷子吗?"他们来到办公室,许澄光问林絮。

"嗯。"林絮答道,"数学卷只拿一班的就行,作文纸别忘了给十六班送过去。"

"好嘞!"许澄光一把将数学卷抱了起来。

谢泽阳抱起作文纸,和许澄光一起走下楼梯。走到一楼大厅时,谢泽阳对许澄光说:"我去给十六班送作文纸,你先回教室吧。"

"没事儿,我在这儿等你一会儿。"

许澄光说完,走到一旁的毕业生光荣榜前仰头看了起来。

"好。"谢泽阳转过身,抱着作文纸朝十六班走了过去,每往前走一步,心跳不受控制地一下重过一下。

十六班。

沈冰清。

他不知道那只"小橘子"有没有长高,是不是还那么喜欢吃橘子糖。

她现在在做什么?

在睡觉吗?

还是在补作业?

还是,在和同学聊天?

无数好奇的疑问堆积在胸口,谢泽阳抱着作文纸站在十六班的教室门口,手臂酸痛,掌心被纸张的边缘勒出了红印。一股莫名的紧张感贯穿了他的全身,他深深地吸了一口气。

他把手中的作文纸放在走廊的辅导桌上,正想找一个同学喊江萌出来,突然有两道女声闯入了耳朵里。

其中一道声音,熟悉得那样刺耳。

"哎,我听说方振铭,就是之前总纠缠你,跟你表白被你拒绝的那个,暑假又去你家小区门口堵你了?然后丁峻明和他说,他要是再敢出现,他见他一次打他一次!"

"你怎么知道?"

"许澄光给我们说的。"

沈冰清无语:"欠儿死他得了!"

同行女生却兴奋地喊道:"清清,你脸红了!你是不是害羞了?"

"我害羞？"沈冰清否认，"我这是热的！"

"你就是害羞了！"

"我没有！"

"我不信你对丁峻明没意思！小明多好啊！长得那么帅，和你还是青梅竹马，男友力又这么强，永远把你放在第一位守护……呜呜呜呜呜……"

"郭雪瑶，你小说看多了吧？"

两人推搡打闹，沈冰清重心不稳，向后踉跄了几步，猛地跌进了身后人的怀里。谢泽阳浑身僵了一瞬，注意到沈冰清在转头看见他时呆呆愣住，而后很快像触电一样，迅速起身和他拉开了距离。

分别整整两年，这是他们重逢相见的第一面。

倾斜的日光将沈冰清的发丝打亮，她依旧扎着丸子头，戴着小橘子发卡，皮肤白皙，眼瞳清澈灵动，笑起来时梨涡浅浅，像发着光。

只是短暂的对视，他却霎时感受到了久违的踏实感。仿佛所有被抽去生命的景物重新被赋予了灵魂，让他的生活终于又有了颜色，变得明艳生动起来。

终于。

她终于再次回到了他身边。

"嗨！"郭雪瑶注意到谢泽阳，脸颊泛起了红晕，害羞地和他打了个招呼，"你就是谢泽阳吧！"

"市中考状元……我以前经常听说你！你很优秀……嗯，我叫郭雪瑶。"她热情地寒暄道，又问他，"你是来我们班找人吗？"

"你好。"他收回停在沈冰清身上的视线，回答郭雪瑶道，"我找江萌。"

"萌萌宝贝有人找！"还没等郭雪瑶回答，沈冰清便高声朝教室里喊了一句，随后面无表情地擦过他的肩膀走进了教室。

谢泽阳怔怔转身，欲言又止地动了动嘴唇，目光一直紧跟在沈冰清的背影上。他看到江萌正站在座位前发愁，右边是墙，左边是睡得不省人事的丁峻明。江萌使劲儿推了丁峻明好几下，都没能成功把他叫醒。

沈冰清走到丁峻明的座位前，附在他耳边大声说道："查数学作业了！"

丁峻明猛然惊醒："数学作业？你写了吗？赶紧给我抄抄！"

沈冰清翻了个白眼："你赶紧给我起来！萌萌都等你多长时间了？赶紧腾地方！"

"不是，你喊人就喊人，你拿查作业吓唬人干什么玩意？"丁峻明发飙道。

"来，让我看看你的数学作业写没写，我现在就帮你把作业给咱老班送去……"丁峻明说着站起身，伸手要去拿沈冰清桌箱里的作业本，突然注意到她一直耷拉着嘴角，情绪不高的样子，手上的动作顿住。

"咋了？谁惹你了？"

"没事。"

谢泽阳看得出神，没注意到江萌已经来到了他面前。

江萌伸出手，在他眼前晃了晃。

"你们班的作文纸。"他回神，把辅导桌上的作文纸递给她。

江萌接过作文纸，一阵风吹过，最上面几页纸被风吹落，露出了夹在里面的几张数学学案卷。

"怎么掺了数学卷？"谢泽阳疑惑，和江萌一起把散落在地上的作文纸捡了起来，对她说，"你等我一下，我整理好再给你吧。"

他把作文纸放回到辅导桌上，俯下身细心地把掺进里面的数学卷一张一张地挑出来。

等他终于整理完毕,抬起头时,发现江萌正望着大厅里毕业生光荣榜的方向出神。他顺着她的视线看过去,看到了正抱着一摞数学卷,仰着头津津有味地研究光荣榜排名的许澄光。

"江萌?"他喊她。

江萌回过神,匆匆收回了视线,接过他手里的作文纸,不好意思地笑了笑。

第十三章 / 道歉

"真正让我难过的是,原来,丁峻明在她心里这么重要。"
——谢泽阳的日记

谢泽阳送完作文纸回到教室时,班主任徐老师在讲台前叫住了他。

"我听说暑假有个中学生软笔书法大赛,你是不是报名参加了?"徐老师问他,又嘱咐道,"我听说奖金挺高的,一等奖有一万块钱左右,最低的三等奖也有几千块钱。你听着点儿广播通知,明天别忘了把作品带过来,交到广播指定的地点。"

"好,谢谢老师。"他说。

次日清早,谢泽阳把写好的书法作品放在了广播要求的书画室门外的桌子上,回班级时恰好路过十六班,下意识地朝里面看了一眼。

"你看见沈冰清了吗?她又没交数学作业。"十六班的数学课代表站在教室门口,问一个正要往外走的同学,"还有丁峻明。"

"沈冰清我不知道,丁峻明好像和十五班那个体育生出去了,看着像要打架。"

"丁峻明打架?在哪儿,在哪儿?我要去看!"

"……男厕所。我想起来了!刚刚沈冰清好像去找他了!"

两人你一言我一语道。

谢泽阳转过头，注意到男厕所门外，丁峻明正和一个男生纠缠在一起。场面激烈混乱，两人从男厕所缠打到书画室门口，男生朝丁峻明胸前狠狠踹了一脚，丁峻明后退几步，猛地撞上了身后书画室门外的桌子。

谢泽阳看到自己先前放在桌上的书法作品掉落在了地上，值日生刚拖完地，纸面浸染了大片的水渍，纸上的字迹渐渐变得模糊不清。

他皱了皱眉，见男生依旧不依不饶，挥出拳头对着丁峻明脸上砸了过去，而丁峻明避闪不及。他正想赶过去制止，突然看到一个熟悉的身影挡在了丁峻明身前。

"你干吗？"丁峻明急了，吼道，"快闪开！"

"沈冰清！"谢泽阳立刻高喊她的名字，气喘吁吁地跑了过去。

"主任来了！"他急喘着气说。

男生挥拳的动作僵住，转过了头。沈冰清也偏过头，怔怔望向谢泽阳。

谢泽阳在他们面前停下脚步，什么都没说，把掉落在地上的宣纸捡了起来。

墨迹尽数洇染开，雪白的宣纸染上刺目的污垢，整幅字被毁了个彻底。他捏紧了宣纸，眼前却反复重演着刚刚沈冰清冲过来挡在丁峻明身前的那一幕。

比白纸上的污渍更加刺目，直直刺进他的心里，滋生出密密麻麻的痛意。

在走廊巡视的主任发现了这边的情况，立刻急匆匆赶了过来，看了眼谢泽阳手中的宣纸，问他："这是你准备参加书法比赛的作品？"

主任摇头叹了一口气："只能重新再写一幅了。"又抬头问，"谁弄的？"

丁峻明舌尖抵了下渗血的嘴角，正要开口承认，却被沈冰清抢了先。

"主任，"她把丁峻明挡在身后，"是我弄脏的，和丁峻明没关系。"

"沈冰清，又是你！从开学到现在，你数数自己惹了多少祸了？这次我必须得找你家长过来！"

主任又转头看向谢泽阳："谢泽阳，你想怎么解决？"

"没事，主任。"他说，"她……他们不是故意的，您别找家长了。"

沈冰清立刻举手表态："主任！我以后一定好好表现！真的！您就别找我家长了，求您了！"

"不行，我今天必须找你家长过来！"主任态度坚决。

"主任，"谢泽阳再次开口，声音很低，分辨不出情绪，"今天这件事就算了吧。

"您就别找家长了。求您了。"

主任一愣，顿了片刻说："行，既然你不追究，那这事儿就先算了。"又转头看惹事的几人，"你们仨！回去一人写一份检讨，把今天发生的情况交代清楚！"

"记住啊，沈冰清！这几天我重点观察你的表现！"临走前，主任警告沈冰清道。

"你们几个！都好好反省！放学前把检讨交到教导处！"主任说完便背着手离开。

谢泽阳没再说什么，转身就要走。

"谢泽阳！"她在身后喊他，"对不起！"

他脚步顿了顿，没回头，走向教室。

谢泽阳站在黑板前准备写今天的课表，无意间听见身后两个正在值日的女生边整理讲台边小声聊天。

"听说十六班的沈冰清把班长参加书法比赛的作品给弄脏了。"

"不是她,我亲眼看到是丁峻明。"

"啊?那她怎么跟主任说是她啊?"

"那当然了,人家两个什么关系……你绝对猜不到!早上丁峻明和方振铭打架,沈冰清还冲过去挡在丁峻明面前呢!"

"天哪!你再详细说说!我好想听……"

谢泽阳定定望着眼前的黑板,捏着粉笔的手指不自觉地收紧,指节泛了白。他的一颗心仿佛浮在水面上,被两人的对话重重向下拉扯,一点点没入了水里。

一天,早自主练习开始前,徐老师走进教室,说:"谢泽阳,你过来一下。

"语文老师把东西落在这儿了,你给她送过去。

"她现在应该在十六班。"

谢泽阳:"好。"他接过徐老师递给他的参考书。

他来到十六班教室门口,看到林老师正站在讲台发语文晨考卷。

"沈冰清?"林絮突然开口。

"在!"沈冰清立刻起身。

"这是你的发绳吧?我刚刚在走廊窗台上捡到的。"

"是!谢谢老师!"

沈冰清上前去取发绳,嘴角抿着笑说:"老师……"

林絮:"嗯?"

"老师您真好看!

"老师我爱您!

"比心!"沈冰清不停地用手指向林老师比心,赖在讲台前不肯离开。

"沈冰清。"后门传来了十六班班主任的声音。

沈冰清后背一僵,讪讪转过了身,缩着脑袋不敢吭声。

"来,给我也比个心。"班主任抱着胳膊靠在门边,语气凉悠悠的,"我要个比语文老师的更大的。比不出来你就在前面站着吧。"

沈冰清心一横,抬起头,张开了双臂,用夸张的动作在头顶比了个大爱心,一边比,一边憋不住笑了。

全班同学一起笑了起来。

谢泽阳不禁也弯起了嘴角。

紧接着,他看到沈冰清悻悻回到了座位上,丁峻明凑到她身边贱兮兮地说:"咱们以后不干这丢人事儿了,行不?"

沈冰清伸手要打丁峻明,却被他扯住了手腕。丁峻明力气不大,却偏偏让她挣脱不开。她又急又气,他却不肯松手,只是看着她笑。直到班主任将眼锋扫了过来,他才终于松开了她,伸手在她头上胡乱揉了一把。

谢泽阳嘴角的笑意凝住,好像只要再稍稍往上一扯,便会牵扯出心里一阵难忍的刺痛。

沈冰清转回身,把桌上的卷子往旁边一扔,开始百无聊赖地趴在桌上用三角板切橡皮玩儿。

班主任走过来,一把抢走她手里的三角板和橡皮:"不想考试,就去办公室给我数卷子去!"

"一个班五十五张。"

"去吧!"

"好嘞!"沈冰清眉梢一挑,迅速从座位上起身,临走前还得意地朝丁峻明吹了声口哨。

"沈冰清和丁峻明,这两人最不让人省心!你得费点心了。"班主任走到讲台前对林絮说,"尤其他俩那个字写得……写个数学符号我都认不出来。"

"谢泽阳?什么事?"注意到谢泽阳一直站在门口,班主任问他。

"老师您好,林老师把书落在我们班了。"他走上前,把参考书递给了林絮。

"好。"林絮接过他手里的参考书,笑着说,"谢谢。"

"不客气,老师。"他答道。

班主任瞧了他一眼,接着对林絮说:"这孩子是市中考状元,早上我在走廊上看见他写的毛笔字了,写得可真漂亮,都快赶上书法家写的了。"

"他文采也好。听徐姐说,中考作文得了满分!再看看我们班这个,和人家的差距得有多大!"班主任的视线挪到了还站在门口的沈冰清身上。

"愣着干什么?还不快去?"班主任厉声问她。

沈冰清没说话,转身走出了教室。

第十四章 / 原谅

"沈清清，我原谅你了。"

——谢泽阳的日记

周末中午，放学回家的路上，谢泽阳独自挎着书包往车站走，恰巧路过一个小超市，走进去打算买瓶水喝。

"你俩差不多得了，帮忙看个店，把店里的东西快吃空了，合适吗？"

"这你就不懂了吧，妹妹！咱得让光光明白一个道理——什么叫'家贼难防'！"

"……"

收银台附近一张临时搭起的圆桌前，三个人正边吃火锅边聊天。

"本来我都说服我爸了，结果要不是她和光光非要来这破学校，谁跟着来这儿受罪？借读费贵得要死。"丁峻明愁眉苦脸地向程勇抱怨。

"你要是肯好好学习，再贵十倍的借读费你爸都能给你出。"沈冰清悠悠地说道，"心疼钱还不知道努力。"

丁峻明拆她的台："哎，你先别说我，先看看你自己。"

他眨着眼睛问她："费那么大劲儿转学就是为了来这儿，结果不还是和我一样，到现在作业一个字都没写吗？"

"要不是……"沈冰清气急地辩解，"要不是为了你俩，我能非要来吗？"

"别！我可不背这个锅，光光肯定也不背。你来了之后整天和江萌黏一起，只要有江萌在，你连一个眼神都不想施舍给我。"

"我一找萌萌谁让你就来烦我！"

"我……"丁峻明无话可说，转头看向程勇，"程勇你听听，这是人话吗？她每天就知道找江萌，她找过我一次吗？"

"我再警告你一遍，对我家萌萌好点儿！"沈冰清咬着筷子，凶巴巴地警告他，"再让我发现你欺负她，你就完了！"

"不是，我什么时候欺负她了……"丁峻明一脸冤枉，看见沈冰清越发凌厉的眼神，无奈地妥协说，"行，我保证永远不可能欺负她！对她嘎嘎好！行了吧？"

沈冰清这才收回目光，补充了一句："还有许澄光。

"你俩知不知道他有多无耻？"

两人一头雾水。

"许澄光说他懂手语，让萌萌雇他当翻译。"她说。

程勇震惊："我就想知道当这个翻译能挣多少钱？你要这么说，我觉得我也能学学手语。"

"他让萌萌每天借他抄语文作业。"

"什么？"

"无耻！"

"太无耻了！"两人义愤填膺附和道。

"哟，这不是市中考状元吗？状元来我们小店买水？真是蓬荜生辉……"丁峻明见谢泽阳拿了瓶矿泉水来结账，瞬间变了脸色，阴阳怪气道。

丁峻明话音未落，沈冰清突然被呛了一下，剧烈咳了起来。丁峻明连忙拍她的背给她顺气，又把手边的一杯温水递给了她。

"你慢点吃！真是服了，有人和你抢吗！"丁峻明皱眉喊道。

"你太客气了，阳哥。"程勇说，"就一瓶水的钱，光光不可能要，不用给了。"

谢泽阳把两张一元纸币放在收银台上，淡声道："收下吧。"

他转身正要离开，突然听见沈冰清在身后喊他的名字，他脚步一颤。

"谢阳……谢泽阳！

"你那幅字……我不知道你要拿它参加比赛。

"你还来得及重写一幅吗？

"来不及的话，我把奖金转给你吧！"

他说："不用了。"

"不行，这本来就是我的错，我转给你！"

"怎么成你的错了？这不是我的错吗？"丁峻明打断她，"要转也是我给他转。"

沈冰清瞪了丁峻明一眼，示意他不要说话。

只是简简单单的一个眼神，谢泽阳心里却漫开了酸涩。

她一直在护着丁峻明。

丁峻明是她最重要的人之一。

或许，是比"之一"更为重要的存在。

"我欠的是一句道歉，不是钱。"谢泽阳没什么表情地开口，目光落到了丁峻明身上，"还是你觉得，所有问题都能靠钱解决？"

"谢泽阳你没完了是吧！"丁峻明恼火，"你那幅字确实是我弄脏的，多少钱我赔！还是你想怎么解决？打一架吗？"

"老丁！"程勇拦住他，劝道，"你俩是不是有什么误会？都是同学，有话好好说!"

谢泽阳没再说什么,收回视线,转身走出了超市。

周一放学后,谢泽阳照例负责检查各班的值日情况,最后一个离开教室。走廊里,两个刚值日完的女生闲聊着从他身侧走过。

"沈冰清写了一天的毛笔字了,写一张被没收一张,太惨了……"

"咱老班已经撕了她三张了……"

"结果最后一节自习课上,她居然又掏出一张开始写……"

"不是吧?她真打算重写一幅交上去,还谢泽阳的奖金啊?就她那个字,能评得上奖吗?"

"不然怎么办?说白了还是为了帮丁峻明呗。"

"那丁峻明自己怎么不写?"

"他?他那个字还不如沈冰清的呢……"

两个女生忍不住笑了起来,感慨道:"要强的清清和她那不争气的竹马小明……"

刚好路过十六班的后门,谢泽阳闻言脚步顿住,侧头从半开的门缝望过去,看到了正趴在桌上睡觉的沈冰清。

室外风大,教室的窗户敞开着,他听见她轻轻哼了一声,肩膀缩了缩,桌上的宣纸被风吹散了一地。

谢泽阳眸光微沉,推门走了进去。他来到沈冰清身侧,伸手将窗户关严,又将她垂落在椅子上的校服外套捡了起来,盖在了她的身上。

他弯腰去捡地上的纸,看到了纸上的内容,指尖颤了颤。

废弃的宣纸上用毛笔画着一个大头娃娃的表情包:不开心。

另一张宣纸上画着另一个表情包:一个大头娃娃在暴打另一个大头娃娃。

幼稚鬼。

谢泽阳腹诽，嘴角没忍住弯了弯，忽然看见她眉心皱了皱，嘴里咕哝着一句话。

"我的字太丑了，怎么写都写不好。"

"谢阳阳……"

"对不起……"

少女额前的一绺碎发垂落在脸颊上，谢泽阳抬手轻轻帮她拨开，指尖停了许久，才回过神收回。

他看到她皱起的眉心终于稍稍舒展。

她不会知道，他其实并没有怪她，甚至都没有怪丁峻明。

他之所以和她置气，摆出一副得理不让、咄咄逼人的面孔，不过是因为她对丁峻明毫无保留地在意和保护。

他希望她也能在意他一点，甚至贪心地想要去和对她而言最重要的丁峻明比一比。

可没资格就是没资格。

他拿她没有办法。

他把散落一地的宣纸全部收在手上，注视着少女恬静安稳的睡颜，在心里默默对她说，沈清清，我原谅你了。

第十五章 / 腿伤

"你不会知道,其实我有多希望,你是来给我送药的。"
——谢泽阳的日记

　　谢泽阳去校外的小卖部重新买了一沓宣纸,打算再写一幅毛笔字上交参赛。深夜里,他把一幅字写完装进手提袋,手机消息提示音响起,屏幕上显示出一条匿名短信:拿一万块钱来××酒吧后门,不然直接去你家敲门。

　　谢泽阳眼里透出冷意,从书桌抽屉里掏出一根妈妈塞给他用来防身的小型电棒,将它装进外套口袋,随后拿起手机走出宿舍。

　　"钱带了吗?"追债的男人站在酒吧后门的台阶上,居高临下地问谢泽阳。

　　谢泽阳走上前,神色淡然道:"没带。"

　　"父债子还,你要是还不了也简单,我现在去你家,问问你妈能不能还。"

　　"还得了。我下周就给你。"他说。

　　男人嗤笑一声:"行,那我就再信你一次,乖弟弟。

　　"不过今天你既然来都来了,不留下点儿什么,是不是不太够意思?

"我看你这手机不错……"

男人伸手去抢谢泽阳的手机,谢泽阳侧身一躲,男人扑了个空,他眯了眯眼,脸上尽是戾气。

男人抡起拳头,谢泽阳瞄准机会,钳制住男人的双臂,膝盖顶上男人的腹部。男人吃痛得吸气,从身上摸出把刀,猛然向他冲来。他避闪不及,险些从台阶上跌落,迅速从外套口袋里掏出了电棒,抵在了男人身前。

"我报警了。"他另一只手高举着手机说。

此时酒吧内发生了打架事件,警车的鸣笛声由远及近传了过来。男人咬咬牙,瞪了他一眼后转身跑开。

谢泽阳挣扎着从台阶上起身,右腿膝盖却疼得动不了,估计是骨折了。有路人经过注意到他,将他送去了医院。

第二天学校举办开学典礼,并安排了谢泽阳作为新生代表发言。他给徐老师打电话说明了自己的情况,请了一天假。

次天清晨,他单手拄着拐走进教室,看到自己桌面上堆满了药、零食和写满字的便利贴,呆呆愣住。

没过一会儿,许澄光和程勇手里拿着水杯从教室门口走了进来。

"腿怎么摔的?这么不小心。"许澄光问谢泽阳。

程勇也紧跟着问:"是啊,阳哥,好点了没?"

"没事,好多了。"他笑了笑,指着自己的桌面问他俩,"这什么情况?"

"你昨天不是没在开学典礼上发言嘛,好多女生知道你腿摔伤了,给你送温暖来了!"程勇摇头感叹,"那场面真是……相当壮观!果然长得帅加上全市第一就跟开外挂一样,羡慕不来啊,羡慕不来。"

"不过说到昨天的开学典礼……"程勇咧着嘴凑到谢泽阳面前,"阳哥,你不知道昨天光光因为这个事儿,都经历了啥。

"昨天你不是临时请假了吗?然后主任就让他替你做新生代表发言。

"再然后吧,他没稿。写发言稿这个事儿也实属超出了他的能力范围。

"就在他犯愁的时候,十六班的语文课代表,江萌,她正好去办公室给林老师送作文。结果他就把江萌写的作文给打劫了。

"就是林老师之前布置的,让咱们写新生入学感受的那篇。

"结果他读一句卡一句,里面好多字不认识,笑死了,哈哈哈。"

程勇转头看向许澄光:"光光,我必须要和你说啊,你一定不必自卑,就她引用的那些课外古诗文里面的字,一般人都不认识,你真不是文盲……"

许澄光踹了一脚程勇的椅子腿儿。

"看吧!还恼羞成怒了!"程勇依旧伏在椅背上笑个不停。

谢泽阳也露出了一丝笑意。

突然他听见门口有人朝教室里喊了一句:"许澄光!十六班的沈冰清找你!"

谢泽阳不受控制地抬起头,向教室门口望了过去。沈冰清手里拿着一瓶药站在门口,正朝他们的座位张望。视线相撞的一瞬间,他下意识地低下了头。

许澄光从座位上起身,走到教室门口问:"找我什么事儿?"

"……沈冰清,"见她魂不守舍,还在往教室里看,根本不看他,许澄光无奈地问道,"你看看我行不行?你真是来找我的吗?"

沈冰清终于回神:"那个……小明手受伤了,你不是有小药箱吗?

我来给他拿个药。"

"我看到了,不就划了个口子吗?我给他创可贴了。"

"创可贴不行!得包扎!"沈冰清说。

"啥?"

见她堵在门口不肯走,一副理直气壮的样子,许澄光只好妥协:"行,包扎。"

"药箱在我桌箱里呢,你自己去拿。"他又问,"对了,江萌在不在教室?我找她有事。"

沈冰清目光警觉,盯着他问:"你找萌萌什么事?"

"管这么宽。秘密,就不告诉你。"许澄光说完就往门外走。

"反正你要是敢欺负她,你就完了!"沈冰清冲他喊道。

许澄光回了她一句:"你要是再不去拿药的话,你的小明的伤口该愈合了!"

沈冰清来到许澄光的座位上,从他的桌箱里拿出了一个小药箱,打开盖子,垂着头翻找起来。

程勇饶有兴致地看着她的动作,眉梢一挑:"清姐对小明可真是……慈母般的关爱啊。"

"那当然,我们俩是坚不可摧的母子情。"沈冰清说。

"你就没想过往别的方向发展发展?毕竟青梅竹马两小无猜……"

程勇话没说完,被她开口打断:"没想过,想不了。"

她抬头看向程勇,一本正经道:"我现在呢……就只希望他能快点长大,找个对象,然后和他对象一起孝敬我。"

"噗!"程勇被逗乐了,"行吧,母子情也挺让人羡慕。"

"你说说你们,为什么一个个的都拥有这么多爱呢?"程勇托着腮,表情哀怨，"你看我们阳哥，伤了腿，有多少人给他送药！"

程勇继续叨叨："满满一大桌子！还有什么爱心小零食、小字条啊……啧啧，我给你念一张小字条啊——希望你早日康复，虽然这次开学典礼没能跟你一起主持，但我很期待下次的艺术节，可以和你成为搭档……"

程勇问沈冰清："哎？你手里一直拿着的是啥？带过来的好吃的吗？"

"是好吃的，吃不吃？想吃给你。"她晃了晃手里的云南白药。

"咦——赶紧拿走，阳哥桌上这一堆就够熏人的了，你又拿来瓶一模一样的！"

"你这也是送给阳哥的啊？"

程勇话音刚落，谢泽阳感觉到心跳倏地漏了一拍。然而紧接着，他看到沈冰清往自己的桌上瞥了一眼，语气淡淡道："不是，是还给光光的。"

第十六章　/ 发绳

"今天，我给她绑头发了。"

——谢泽阳的日记

开学典礼结束不久，国庆假期开始前，学校的"校园艺术节"活动拉开了帷幕。

每个年级需要负责不同类型的节目，高一年级负责的节目是诗朗诵比赛。听说诗朗诵比赛由林老师带领参赛，学校要求所有参加演出的师生必须统一服装，并特地为他们购置了一批符合朗诵主题的"民国学生装"。

听说市教育局的领导也会来观看这次艺术节表演，德育主任在广播中重点强调，除了有节目的同学可以穿演出服，其他同学必须全部穿校服。这周刚好轮到谢泽阳值周，主任叮嘱他提前检查好每个班级穿校服的情况，务必保证每名同学在领导到来之前都能把校服穿好。

这天早上，他从家里穿好了一身"民国长衫"，又套上校服外套来到了学校。他刚走进教室，发现室内竟然一片狼藉。符昕雅的桌子翻倒在地上，桌箱里的书本和日用品零零碎碎撒了一地。

他将视线移到自己的座位，看到江萌坐在那里，许澄光正神情专注地往她的手腕上喷药。

他走过去，听见许澄光说了一句："老谢，借用一下座位，你先坐旁边。"

"阳哥,你错过了一场相当激烈的大战。"程勇凑到谢泽阳身边,压低嗓音道,"符昕雅今天早上找了好几个混混在学校附近堵江萌,那几个人还带刀了。要不是咱们林老师及时出现挡了一下,刀就划在江萌脸上了。

"你知道为什么吗?因为江萌喜欢夏亮宇,就十四班那个艺术生,符昕雅一直在追的那个。

"江萌为他写的日记,被符昕雅发现了,然后她就开始气急败坏。

"看见符昕雅的桌子了吗?光光给踹翻的。"

谢泽阳问:"林老师没事吧?"

"没事。"程勇说,"手心被刀划了一道,已经上药包扎了。

"你说光光和沈冰清不愧是一家人,两人脾气都挺暴啊。刚才沈冰清也过来了,直接冲符昕雅来的。好家伙,上来就把人给拽走了,听说是去女厕所单挑了。"

这时,一个男生跑过来说:"班长!我在女厕所门口捡到件校服,担心是咱班同学的,就给拿回来了!今天不是有领导来检查吗?你快问问咱班有没有人丢校服!"

"咦——这校服经历了啥?"程勇看着男生手里的校服,一脸嫌弃地说,"这是刚从下水道里捞出来的吗?咋脏成这样了?

"这肯定不可能是咱班同学的⋯⋯"

男生突然道:"班长,上面有个标记!QQ,前面好像还有个S,看不太清⋯⋯"

谢泽阳一把扯过校服,冷着脸飞快地跑出了教室。

程勇和男生愣在原地。

"他咋了?"

"不懂，"程勇不解地挠头，"SQQ，谁啊？"

谢泽阳飞奔到女厕所门口，发现里面空无一人。洗手台上扔着一根橘色的发绳，他把它捡了起来，呼吸不稳，思绪也突然乱了。

沈冰清会去哪儿？

他强迫自己冷静下来，第一反应是担心她被带去了教导处，于是几步爬上了楼梯，在路过高一年级办公室的时候，下意识朝里面看了一眼，脚步顿住。

办公室里，沈冰清正站在林老师的办公桌前和她说话。

"老师，您别批作业了。手心出汗写字多疼啊。"

"没事。我还这样考过试呢。"林絮笑了。

"啊？那您上次是因为什么划伤手啊……"

林絮沉默片刻，笑了笑，没有回答。

"老师，我给您吹吹吧！不知道隔着纱布吹管不管用，我试试！"

"真没事……"林絮抬起没受伤的手去揉沈冰清的头，问，"萌萌怎么样了？"

"手腕上有点伤，光光给她上药呢。"

"没去找校医？"

"光光比校医厉害！我表舅……也就是光光的爸爸，以前是一个特别厉害的医生，他从小就跟着表舅学医，治点小伤不是问题！"

"他还会治伤？"林絮惊讶地问。

"老师，除了语文他啥都会，你说气不气人！"沈冰清语气夸张，拱火说道。

林絮无奈地笑了，说："你快回去吧。回去收拾一下，把头发扎好，一会儿该出发去礼堂了。"

"好吧，不过在我走之前，我要把您的红笔全带走。"

林絮一怔，"扑哧"笑了，拍了拍她的肩："好，我先不批了，歇一会儿再批。你快回去吧！"

谢泽阳还站在办公室门口，和正从里面出来的沈冰清迎面撞上。

"怎么，知道我和你们班同学打架，这么一大早就跑来告状了？班长大人？"她瞥了他一眼，漫不经心地调侃。

她穿着一件宽松的淡黄色T恤，头上的发绳被扯掉了，蓬松浓密的黑色长发披散在肩上，衬得她小巧精致的脸颊更加白皙素净。

谢泽阳唇线绷直，一言不发，将沈冰清浑身上下完整仔细地打量了一遍。

还好，应该没有受伤。

他这才松了口气，一直握成拳渗出汗的手掌终于缓缓松开。

"赶紧回班！领导和主任一起从楼上下来了！要检查仪容仪表和校服！"他们身后突然传来慌乱的脚步声。

还没等沈冰清反应过来，谢泽阳眼疾手快，一把拽起她的胳膊，将她拉到了身后的楼梯间里。

"喂！你干吗？谢泽阳！"

他食指抵在唇上，示意她不要说话。

"你……"沈冰清喃喃，"你把我的校服还给我吧。"

她伸手去拿他手里脏污不堪的校服："谢谢。"

他却没肯给她，而是将自己身上的校服外套脱了下来，披在了她的身上。

"先穿我的。"他说。

沈冰清怔了一瞬，看着他问："你就这么怕我给学校丢脸吗？"

"不愧是值周负责人，真负责。"她垂头瞧了眼穿在自己身上的宽大校服，低声说道。

谢泽阳没说话，习惯性地抬起手，将她校服领口处没拉紧的拉链往上拉了拉。

初一那年，每次她拉链拉不好，他都会顺手帮她拉紧。

名义上，他说自己是在规范她的仪容仪表。

实际上，他不过是怕她会因为冷风吹进领口而着了凉。

沈冰清眼睫颤了颤，而后仰起头，闷闷说了一句："我的发绳，你也给我吧。"

她紧接着说："我绑一下头发，谢谢。"

谢泽阳把发绳递给她，看她接过发绳，手臂刚抬起来，突然皱眉咬了下唇。

"怎么了？"他问。

"这儿疼？"他抬手轻轻碰了碰她右臂内侧的一处地方，"刚才打架弄的？"

"嗯，刚才符昕雅扯着我胳膊扭了一下。"她说，"不抬起来不疼，刚刚抬起来才发现有点儿疼。"

他凝视着她的手臂，嘴角紧抿，半晌叹了口气说："那别抬了。"

他说着，接过她手里的橘色发绳，抬脚走到了她身后。

他将她颈后的发丝拢了起来，用五指轻轻捋顺，然后将发绳绕了两圈，在高处绑了个马尾，又将发辫拧成一股，缠绕起来，盘成了一个丸子头。

他的记忆突然被拉回到初三那年的除夕夜，他放完鞭炮走进家门，看到妈妈正站在灶台前绑丸子头。

"这么绑起来好看吗？"妈妈问他。

"好看。"他说。

"沈冰清也经常绑丸子头。"他忍不住和妈妈提起她,"但她的丸子头没有这么利落,总有碎发垂下来,看着有点乱。当时我们班同学还以为她是为了有凌乱美,故意这么绑的。

"结果后来,她偷偷告诉我说,其实是因为她不会梳头,更别提绑头发。"

妈妈笑了。

"那你跟我学学,等下次再见到她,你教教她怎么绑。"谢妈妈说。

那时的他,跟妈妈学会了绑丸子头,却以为自己不会再有机会见到沈冰清。

他静静注视着为她绑好的头发,不知注视了多久。他手上的动作早已停下,双臂却忘了放下来。他似乎能感受到此刻自己咚咚的心跳声,在狭小静谧的空间里,如同汹涌的海浪愈演愈烈。

"好了。"他放下手臂,淡声说道。

沈冰清没说话,也没动,依旧仰着头,很久后才小声对他说了一句:"谢谢。"

她说话时带着闷重的鼻音,他走到她身前,注意到她眼尾泛红,眼里微微湿润。

"怎么了?"他惊讶地问道。

她有些不自然地别开了脸,含糊地解释说:"没事,就……胳膊……忽然有点疼。"

"领导和主任应该已经走了。"她仓促地抹了下眼睛,转身走向教室,"我去找光光给我看看……不行就去找校医。"

"好。"他跟上她的脚步。

艺术节表演很快开始，礼堂里，谢泽阳和许澄光一起坐在观众席的一角。

"我给沈冰清看了，没什么大问题，贴上膏药养几天就能好，不用担心。"许澄光说。

"嗯。"谢泽阳答道，"谢了。"

"应该的，你和我道什么谢。"许澄光淡淡道。

空气陷入凝滞，他察觉到今天许澄光似乎兴致不高，一直没怎么说话，神情格外烦躁，目光一直紧盯着一个方向。

谢泽阳顺着许澄光的视线看过去，看到了第二排中间座位上江萌的背影。

"你怎么了？"他问许澄光。

"烦。"

"烦什么？"

"说不明白。"顿了片刻，许澄光再次开口，问谢泽阳，"你觉得，夏亮宇这个人怎么样？"

谢泽阳笑了，没回答他的问题，而是问他："你也觉得江萌喜欢他？"

许澄光像受了委屈，说话的声音有点闷："我上次无意间听见江萌跟沈冰清说，她有一个很喜欢的人，而且从很小的时候就开始喜欢了。

"她考来咱们学校，也是因为那个人。

"夏亮宇不也是从你们县考来的吗？而且他和江萌还是小学同学。"

谢泽阳淡声说："我觉得不是他。"

"那还能是谁？"许澄光突然转过头看他，"江萌在日记封面上写了'To X'，姓氏拼音的首字母是'X'……难道是你吗？"

谢泽阳哭笑不得，问："为什么是我？万一是你呢？"

许澄光眼皮一耷："我才认识她多久……"

他喃喃自语着。

谢泽阳嘴角翘了翘，没有再说话。

他恍惚回忆起中考前的那一天，江萌和他在教室里聊天时给他写过的话。

——"比如某一刻，你遇见了一个人，他带你走进了一个全新的世界。"

——"从那一刻起，你发现，你的人生忽然有了焕然一新的光彩。"

——"哪怕后来你见不到他，甚至他不记得你了，也没有关系。"

——"因为你相信，在两个世界的交接点，你们一定还会再相见的。"

第十七章 / 欢送会

"我看到她骑车载一个男生回家。他们穿了同款的运动鞋。"
——谢泽阳的日记

　　国庆假期一过,十月底便迎来了期中考试。期中考试结束当晚,徐老师跟同学们说,林老师下周就要回北京了,明天开始会由新的语文老师来给他们上语文课。

　　晚自习下课,谢泽阳收到了许澄光发来的微信消息,问他要不要和自己一起为林老师组织一场欢送会。

　　他带着电脑去超市找许澄光,跟许澄光一起通宵设计了欢送会的整个流程,写好了主持稿,并通知同学们提前准备好明天想要送给林老师的礼物。

　　不知不觉中,天色已经渐明。他们简单吃了早饭,然后提前来到了教室进行准备工作。

　　在征得徐老师的同意后,谢泽阳把连夜做好的 PPT 拷进教室的多媒体电脑里,许澄光则去了办公室请林老师过来。

　　林絮踏进教室的那一刻,全班同学立刻爆发出热烈的欢呼声和鼓掌声。

　　"大家都坐好,保持安静!"许澄光在讲台前主持,"因为林老师马上要回北京了,今天我们一起来为林老师举办一场欢送会,祝愿林老师能够在未来的求学和工作之路上一帆风顺,前程似锦!"

许澄光话音刚落,同学们汹涌澎湃的掌声再次响彻了教室。

"首先,我来给大家播放一段视频。"许澄光说完,打开了电脑桌面上的服务器,在"元旦晚会"文件夹里点开了一个视频。

"大家好,我是实验中学2012级毕业生叶风,现在在复旦大学读研三。今天受徐老师的邀请,来给咱们一班的同学讲一讲学习方法。"

叶风学长的身影出现在视频里,教室里立刻沸腾,同学们交头接耳议论起来。

林絮站在讲台一侧,此时正专注地注视着屏幕,眼角微微有些湿润。

"其实我吧,真的不会什么学习方法。"视频里的叶风学长挠头笑了,同学们也跟着笑了。林絮睫毛颤动,同样露出了笑容。

"要不我给大家讲一个故事吧!不过不是我的故事,是你们的一个学姐,她的故事。"

许澄光突然暂停了视频,卖关子地问:"现在是提问环节,请问这个学姐是谁?知道的同学请举手!"

"林老师!"同学们齐声回答,有男生小声说了一句"林妹妹"。

"回答正确!现在请大家接着往下看。"许澄光按下了视频播放键。

"她曾经送给我一句话,这句话陪伴了我很多年,给了我很大的动力,所以现在我想把这句话送给你们。"

"To win the world,去赢过这个世界。

"如果对自己所处的这个世界不满意的话,就自己去创造一个新的世界,用它来打败现在的世界。

"我说完了,谢谢大家。"

视频播放完毕,同学们却仍然沉浸其中,坐姿端正,仰着头静静注视着大屏幕。

直到有人带头鼓起了掌,大家才纷纷回神,情不自禁地也拍手鼓掌。

讲台前的许澄光接着开口:"播放这个视频,是希望大家能够记住叶风学长送给我们的这句话。希望我们可以像林老师和叶风学长一样,去做真正想做的事,去追求那些看似不切实际的梦想。用自己创造的世界,来打败现在的世界。

"下面我宣布,欢送会正式开始!

"大家踊跃发言,有什么想对老师说的话,可以直接站起来说。"

一个女生站了起来:"老师!我想抱抱!"

林絮含着眼泪笑了,走到那女生的座位前,伸手给了她一个大大的拥抱。

"老师,我也要抱!"

"我也要抱!"

"老师,我也要!"

许澄光急忙喊道:"别抢别抢!注意秩序!一个一个地来!"

一个男生突然站起来说:"老师,我想跟您道个歉。有一次您让我改语文卷子,我忘改了,就骗您说卷子丢了。后来您重新拿了一张让我做,重新给我批了一遍。我不知道您当时手受伤了,是缠着纱布给我们批的卷,老师,对不起!"说完,他深深鞠了一躬。

"老师还有我!我不应该抄语文作业。"

"老师还有我!我不应该在语文自习课上睡觉……"

"老师,我们会想您的!"

"老师,您有时间一定要回来看看我们!"

"老师,我们爱您!"

同学们陆续从座位上起身,一个接一个地表达着自己的愧疚和感恩之情。林絮认真听着,泪水不断从眼眶里涌出来,接过附近同学递来的纸巾，擦了擦脸上的泪痕。

谢泽阳心中酸涩，看见许澄光走回讲台，开始宣布下一个环节。

"接下来是诗朗诵环节，所有同学起立！"

同学们整齐划一地迅速起身站好。

"大家一起来看大屏幕上的这首诗。这首诗是由我们的班长，也是我们的语文课代表——谢泽阳同学写的。"

"老谢！你来带读！"许澄光朝他招了招手。

谢泽阳走上讲台，带头读道："师恩如山，一二！"

"师恩如山，铭记于心……"

一首诗朗诵完毕，同学们没有坐下，而是一起向林老师再次鞠躬，齐声喊道："老师，您辛苦了！我们爱您！"

林絮泪眼模糊，哽咽着对他们说："谢谢你们，我也很爱你们。大家快坐下吧！"

"老师，您来说几句吧。"谢泽阳把讲台的位置让给林絮。

"非常感谢大家，我真的……特别感动。从开学初拿着名单认识你们开始，到半个学期结束，只是短短两个月的时间，却让我对你们每个人都有了非常深刻的印象。

"我想跟大家说，你们每个人都是最独特的星星，都会焕发出属于自己的独一无二的光芒。所以希望你们可以继续努力，去迎接未来属于你们自己的最璀璨的人生。

"好，我说完了。"

林絮看向大家。

"谢谢老师！"

"谢谢老师！"

"谢谢老师！"

同学们接连回应。

"那我们现在就开始最后一个环节，合影和赠送礼物。"许澄光来到电脑前，将大屏幕的背景调成了一张图片，图片上写着一行英文——"To win the world"。

大家争先恐后地挤到黑板前和林老师合影，又将自己准备的礼物放到了讲台上。

"谢泽阳，许澄光！"徐老师从教室后排走过来，"你们俩帮林老师把这些礼物送到办公室去。"

"好嘞！"许澄光抱起礼物，跟谢泽阳一起答应道。

他们来到高一年级办公室，发现林絮的桌上已经堆放了不少礼物。

"这些应该都是十六班送的，我看见沈冰清的了。"许澄光说，"这封信是她昨晚熬到后半夜写完的，还有这个水晶球，她昨天下晚自习之后，把附近开门的礼品店跑了个遍，才终于找到一个让她满意的。你看上面的小女孩像不像咱林老师？"

谢泽阳目光停留在这个晶莹剔透的水晶球上，浅浅"嗯"了一声。

放学，谢泽阳走出校门，注意到沈冰清正坐在学校对面公交车站的座椅上，靠着站牌迷迷糊糊打着瞌睡。他忽然想起许澄光说，昨晚她几乎一夜没睡。

手机从她手里滑落到了地上，他正想走过去帮她捡，却看到一个穿着职高校服的男生出现在她身前，伸手很大力气地揉乱了她的头发。

"你干吗！"沈冰清被人弄醒，不耐烦地抬头。

"你手机掉了。"男生垂眸示意，却并没有帮她把手机捡起来。

沈冰清没理他，弯下腰去捡手机。谢泽阳视线跟着下移，注意到沈冰清和这个男生穿着一双一模一样的运动鞋,很像情侣款。

"一起回家呗?"男生问她。

"一起不了,不顺路。"沈冰清面无表情地拒绝。

"我刚刚打球把脚崴了,不能走路了。那我喊我妈来接我吧。"男生说。

沈冰清顿了片刻,问他:"你的车呢?"

男生指了指一辆停在路边的单车。

"走吧,我载你。"沈冰清站起身。

车子很大,男生个头又高,她踩着脚踏板,骑得格外吃力,向前行驶的路线歪歪扭扭。

"沈冰清!你要是把我摔了,可是要对我负责的!"

"你闭嘴吧。"沈冰清没好气道。

"沈冰清,你说你对我这么好,你是不是喜欢我?"男生又问。

"你信不信你再说一句话,我现在就把你摔了。"

谢泽阳扫了一辆共享单车默默跟在他们身后,看到男生脸上扬起了笑意,伸直胳膊举起手机对沈冰清说:"你要是敢摔我,我马上录视频当证据!发给我妈看!"

两人的身影雀跃,他越跟越难受。两双同款的白球鞋不断刺痛着他的眼睛,他指甲嵌进掌心里,心底涌上一阵痛意。

他和他们并不顺路,也本不想去看他们,却还是担心沈冰清本来就骑得不稳,昨晚又没睡觉,万一真摔倒了怎么办。他就这样一路跟随着他们,看到她在半路把男生放了下来,又看到她在小区楼下停下车,背影没入楼道中,才终于转身离开。

他的脑海中蓦然浮现出今天的欢送会上,视频里的叶风学长送给他们的那句话。

用自己创造的世界,来打败现在的世界。

有朝一日,他真的能够摆脱束缚住他的那些枷锁,克服内心深处的自卑,拥有足够的底气站在她面前,大大方方地向她表白自己的心意吗?

她会等他到那一天吗?

秋日萧索,谢泽阳望着眼前不断飘落的树叶,觉得自己似乎永远找不到答案。

第十八章 / 球赛

"她说,她这个人,向来一视同仁。"
——谢泽阳的日记

高一下学期开学,学校举办了一场高一年级的春季篮球赛。

第一场比赛是高一(1)班对高一(16)班,地点定在了操场里侧的篮球场。比赛开始前,篮球场外挤满了前来观赛的同学。

哨声一响,比赛激烈展开,球场内外一片沸腾,呼喊声此起彼伏,气氛紧张热烈。

谢泽阳上场前,听见不远处两个看球的男生正站在一起闲聊。

"这场比赛估计打得没什么意思,十六班少了个主力。丁峻明说他心情不好,打不了。"

"为啥啊?"

"昨天我和他跟几个职高的哥们儿在市体育馆打球,然后他突然得知,他女神跟别人在一起了。"

"他女神?谁啊?"

"沈冰清。"

"不是吧?他女神是沈冰清?"

"不过沈冰清喜欢谁啊?是不是职高那个吴……阳哥!"男生话没说完,拧眉冲球场上急声喊道。

谢泽阳上场后，注意力始终不在打球上，他回忆起两人的对话，无意识恍了神。十六班一个队员突然从他身后用力一撞，他猝不及防摔倒在地，右腿膝盖重重砸在了水泥地上，撕裂般的疼痛袭来，他的额头瞬间冷汗淋漓。

"没事吧！"班上正在观赛的同学们纷纷拥上前扶起他。

大家义愤填膺，集体朝撞人的男生吼道："打球就打球，你撞人干吗？"

程勇焦急地问他："流血了，阳哥！能站吗？用不用我找校医过来？"

"没事……"谢泽阳眯着眼，头顶的烈日晃得他一阵眩晕，膝盖上刺目的血迹在他眼前无尽流淌，铺天盖地的血红将他紧紧包裹住，化成一双无形的手紧紧扼住了他的喉咙，让他越发感到憋闷窒息。

突然，一道橘色的身影挡住了他的视线，恍惚间，他好像听到了久违的那声："谢阳阳！"

是幻觉吗？

重逢半年来，沈冰清一次都没再这样叫过他。

再说了，她不是有喜欢的人了吗？

既然她已经有了喜欢的人，又怎么可能会来管他的闲事。

可他却分明清楚听见眼前的人正在用他熟悉的嗓音焦急地对他说："谢阳阳，你快把眼睛闭上！"

"别怕，没事的……"

他闭眼照做，眼皮刚刚合上，昔日的回忆便如潮水般涌现在他的脑海中。

——"谢阳阳，你快看！现在你眼前有一座超大的水晶城堡，城堡周围有好多鲜花，城堡里住着一个超级漂亮的公主！"

——"那个公主的眼睛好大好大，皮肤白白的，穿着超级好看的公主裙……"

——"你猜猜看！那个公主的名字是什么？"

——"那个公主的名字叫——沈、冰、清！"

他的呼吸渐渐恢复了平稳，胸口的憋闷和腿上的疼痛竟然也减轻了许多。

"沈冰清，你来干吗！"单艺迪突然气势汹汹地冲上前，"你们班的人撞我们班长，你还好意思过来！"

"有毛病吧你！都说了我们班的人不是故意的！"十六班一个男生喊道。

"得了吧！"

四周的争吵声不绝于耳，视线模糊中，谢泽阳浑身使不上力，突然注意到单艺迪动手将沈冰清推到了地上。

"你离他远点！假惺惺！"单艺迪对她吼道。

"我怎么假了？"他看见沈冰清挣扎着起身，手腕却被单艺迪钳制住，纠缠之中，她再次跌了一跤。

耳畔轰鸣声阵阵，他咬紧牙关，使出全身力气喊了一声："单艺迪！"

他疼得倒吸一口凉气，声音低得似乎是从牙缝里挤出来："你别动她！"

"都别吵了！"体育老师闻声赶来，"来两个人，送他去医务室！"

医务室里，送谢泽阳过来的两个男生回去继续参加比赛了。校医处理完伤口后，他独自起身往医务室门外走，刚推开门，就看到了站在门口的单艺迪。

"你上完药了？没事吧？"她问。

谢泽阳没说话，单艺迪几步上前，挡住了他的路："我问你话呢！你怎么不理我？"

"你推沈冰清干吗？"他冷声问道。

单艺迪一愣："你……"

谢泽阳抬眼直视她，表情淡漠至极，静静等待她的答案。

"你喜欢她吧，谢泽阳。"单艺迪突然扯了扯嘴角说。

"以前你护着她，是因为她是你们班的。现在我和你一个班，你还护着她！

"我承认她是长得挺漂亮的，但她那种没脑子又不学无术的人，有什么好值得你喜欢的？

"你们根本就不是一路人。

"她喜欢的那个职高的，和她才是一路人。

"而且无论是丁峻明、许澄光、江萌，还是他们班任何一个人，哪个对她来说不比你更重要？

"她有哪一次站在你这边过？"

"和你无关。"他淡声说，"去给她道歉。"

"不可能。"单艺迪红着眼拒绝。

"行，那你跟我去找主任，让他来解决。"他一把扯过她的手臂，拽着她朝教学楼的方向走。

"谢泽阳！"单艺迪被他扯得手腕生疼，费力挣开他的手，吼道，"我去给她道歉！行了吧！"

他没再说什么，松开她继续一瘸一拐地往前走。

刚刚单艺迪说过的那些话依旧回荡在谢泽阳的耳畔，像一根根针一样刺进他的心里。其实有时候，他也会在心里问自己，谢泽阳，哪个人对她来说,不比你更重要?

她喜欢谁,愿意跟谁走在一起,和你有什么关系?

为什么听到她有了喜欢的人,你便立刻慌了神,这才摔伤了腿?

你把一颗心送了出去,对方却根本不想要。如果你不及时将它收回来,那它又该被放在哪里呢?

可一颗已经被送出去的心,还收得回来吗?

好像早就收不回来了。

膝盖上的伤口依旧剧烈疼着,谢泽阳走得艰难,却还是忍不住绕了远路,从侧门走进了教学楼。在路过十六班教室门口时,他停下脚步,朝里面看了一眼。

"我都说了这个不粘,容易开!"丁峻明皱着眉,小心翼翼地往沈冰清手上贴着创可贴,"有防水的不用,非得用这个,无语死了,谁看你手上贴没贴兔子啊?"

给她贴完后,丁峻明把撕下来的包装纸扔进垃圾袋,没好气道:"下午别写字了,不然出汗疼死你。

"我就不明白了,我们男生打球,谢泽阳受伤,和你有什么关系?"

"谢泽阳受伤和你有关系吗?你往上凑个什么劲儿?"

"一天天就知道瞎凑热闹。"

丁峻明脸色不佳,一直在教训她。

沈冰清低垂着头,一声不吭。

"你真和他在一起了?"丁峻明突然开口问。

"啥?"沈冰清一愣。

"吴皓,你吴阿姨的儿子。"他烦躁地补充道。

"没有……我和他根本没关系。"她说。

"那他到处说你和他谈了？"丁峻明咬牙切齿，"行，等放学了，看我怎么收拾他。"

"算了，我自己去找他。"她开口阻止，"你别去了。"

"沈冰清。"

谢泽阳还站在门口，发现单艺迪不知何时过来的，此刻已经从他身后走进教室。

丁峻明抬眼看到单艺迪，立刻沉下脸："你又想干吗？"他挡在沈冰清身前，语气不善道，"再敢动她一下，你可以试试。"

"我是来道歉的。"单艺迪说，"今天我一时冲动，我不应该推你。对不起。"

"没事，"沈冰清耸肩，"反正你胳膊也被我挠破了，咱俩扯平。"

"不过我还是想告诉你，"沈冰清接着说，"当时我跑过去，是因为我关心同学。

"在我眼里，你们班的任何同学，和我们班的任何同学都是一样的。所以看到你们班同学受伤，我也一样会去帮忙。"

沈冰清看着单艺迪的眼睛，一字一句道："我这个人向来一视同仁，从不拉帮结派。我和你不一样。"

"还不走吗？"沈冰清朝门口瞥了一眼，"你们班同学还在门口等你。"

谢泽阳猝不及防对上沈冰清投来的目光，眉心一动，还没来得及反应，便看到她已经把目光收了回去。

一视同仁。

他轻扯了下嘴角，像是自嘲。

她对每个人都好，一视同仁，对江萌、许澄光和丁峻明会更好一些，因为他们和她感情更深，是她心里"最重要的人"。

曾经他因为嫉妒丁峻明而自卑吃醋，现在他才恍然发现，原来就算丁峻明于沈冰清而言只是一个很重要的朋友，他也依旧比不过丁峻明。

他不是她重要的朋友，而是让她可以一视同仁对待的"你们班任何同学"。

心脏传来密密麻麻的痛意，谢泽阳瘸着腿转身离开，在心里默默告诉自己，谢泽阳，你别再执着了。

你应该把心思放回到学习上，去做那些于自己而言更加重要的事。

别再执着于不喜欢你的人了。

第十九章 /心痛

"我今天对她发脾气了,因为生她的气。但其实我更生自己的气。"
"沈清清,对不起。"

——谢泽阳的日记

时间在忙碌中被按下加速键,高二上学期,学习强度加大,各类学科竞赛也开始变得频繁。

中学生单科竞赛初赛结束后,学校开展了一场以"梦想"为主题的团日活动,并在教学楼大厅设置了展板,让同学们在便利贴上写下自己的高考目标学校,粘贴在展板上。

高二(1)班和高二(16)班共用一个展板,谢泽阳和许澄光拿着笔来到大厅的时候,两个班的同学差不多都已经粘贴完毕。遥遥地,谢泽阳看见沈冰清正拉着江萌从十六班教室门口走过来。

"就剩两张了。"程勇举着手里的粉色心形便利贴,看了他们四个人一眼,"要不你们把它撕开吧,一人半张,一会儿两人贴一起?"

"好。"谢泽阳接过仅剩的两张便利贴,在中间对折,沿着折痕撕开,给每个人分了半张。

他在便利贴上写下了"清华大学 谢泽阳"几个字,正想找许澄光把便利贴拼好粘在展板上,就看见许澄光将自己的半张贴纸啪地拍在了江萌的便利贴旁边,两人的半张贴纸组成了一个完整的爱心。

沈冰清写完也刚好看到这一幕,瞬间急了:"你贴我们班干吗?"

"大家都一起贴的,哪有什么你们班我们班的。"许澄光撇嘴。

"我不管!我要和萌萌贴一起,你赶紧把你的拿走!"

沈冰清伸手要去揭他的便利贴,被他一把捂住:"不行!我不揭!"

许澄光说:"你和我们班长贴一起呗。"

沈冰清不再吭声,默默走到谢泽阳的身侧。

"给我吧。"谢泽阳说。

"谢谢。"沈冰清把手里的便利贴递给了他,转身拉着江萌走回了教室。

谢泽阳站在展板前,把他和沈冰清的便利贴拼在一起贴了上去,看到沈冰清的便利贴上,写着"北京电影学院 沈冰清"几个字。

他的心脏倏地一颤。

"她一直想考北影,说以后要当大明星。"许澄光站在他旁边开口,"江萌和我也想去北京,这么一看,到时候咱们四个可以一起去。"

谢泽阳目光定格在他和沈冰清拼在一起的便利贴上,心里酸涩,嘴角却微不可察地弯了弯。

原来哪怕当下形同陌路,他还是在心里期待着一个能和她一起的未来。

未来会到来吗?

如果可以的话,他是多么希望,这个未来能够快一点到来。

临近期末,中学生单科竞赛入围决赛的名单公布。入围决赛的同学将要去北京参加决赛前的集训活动。

高二(1)班入围决赛的有三个人,分别是谢泽阳、许澄光和程勇。学校安排他们下周从学校出发,一起乘坐大巴去北京。沈冰清代表学校要去北京参加一个唱歌比赛，比赛时间刚好也在下周。

音乐老师让沈冰清和他们同乘一辆车，徐老师得知后特意把谢泽阳叫到办公室叮嘱，说他性格沉稳，也更心细，让他照顾好同去的几个同学。

周末下午，谢泽阳挎着书包从书店回学校，恰巧看见程勇从街角的奶茶店走了出来。

"阳哥！一起走啊！"程勇乐颠颠地跑到他面前，两只手揣进兜里，跺了跺脚说，"咱化学老师也太变态了！虽说马上期末了，但也不至于这么冷的天还把咱们弄到学校来练实验吧……真羡慕别人能有一个快乐玩耍的周末。"

程勇耷拉着脑袋抱怨，忽然抬头看到了什么，扯着谢泽阳的袖子说："阳哥，你快看！前面那个是不是沈冰清？就职高门口那个！穿橘黄色羽绒服的女生！"

谢泽阳顺着他的视线望过去，看到了扎着丸子头、穿着橘色羽绒服的沈冰清。天气寒冷，她戴着一双棉手套，肩膀微微缩着，下巴埋在米白色的围巾里，只留下一双雪亮亮的眼睛，看样子像在等人。

"沈冰清！"程勇大声喊她，朝她挥了挥手。

"等谁呢？这么冷的天儿还在这儿等？"程勇眨眨眼问。

沈冰清避开眼神："不告诉你。"

"妹妹，听哥一句劝，吴皓这人真不行，混子一个，你离他远点儿。"程勇语气认真道。

沈冰清没说话。

"别等了，妹妹！跟阳哥和我去做实验，去不去？或者给你买杯奶茶，你跟我俩去实验室上自习去！"

沈冰清忽然转开视线，朝谢泽阳看了过来。他下意识偏了下头，躲避开她的目光。

"不去了。"顿了片刻后，沈冰清冷冷开口，"你们学霸的世界，我没有任何兴趣加入。"

"沈冰清你……我今天非要把你带过去上自习！"程勇边说边拉她的袖子，回头冲谢泽阳喊，"阳哥，快来给我搭把手！"

"算了。"他对程勇说，"咱们走吧。"

见他没什么帮忙的意愿，程勇无奈松开手，追上他的脚步，和他一起离开。

快要走到实验室的时候，谢泽阳感觉自己的眼皮一直在跳。他没多想，在实验室门口放下书包，走到了自己常坐的位置上。

之前做完实验的学生没有及时清理实验用具，试管里还残留着溶液。他把溶液倒进垃圾桶，走到洗手池前洗试管，莫名恍惚了一下，手里的试管突然滑落，洗手池里满是崩裂的碎片，他匆忙伸手去捡。

"你听说了吗？沈冰清为了帮职高那个男的打架，被扎了一刀，流了好多血，刚被救护车拉走……"

"天哪！就是职高的那个……他叫什么来着……吴皓！是吴皓吧！"

"是他！不过我上次明明听沈冰清说，她不喜欢他……"

"肯定是她不承认！谁不喜欢一个人还能帮他打架……"

玻璃碎片刺破谢泽阳的掌心，血珠顺着指缝一点点滴落在洗手池里，将纯白的洗手池染上了浓稠的血色。

谢泽阳眼前一片空白，密密层层的噪点遮挡住了他的视线，他的心脏猛地传来绞痛，强烈的眩晕感让他几乎缺氧窒息。

他双手紧紧撑住洗手台，意识却渐渐涣散，恍惚间，他仿佛在无尽的血色中看到了一个橘色的身影。

包裹住这个身影的，是汩汩流淌的血，和铺天盖地的红。

明明刚刚程勇说要带她过来一起上自习的……

刚刚程勇让他搭把手，说一定要把她带来上自习……

可他却对程勇说，算了。

如果他带她过来，她就不会受伤了。

如果他带她过来……

他为什么不肯带她过来……

他的心脏仿佛被狠狠攥住、揉搓、捏碎。他没办法继续想下去，手上的力量终于支撑不住，眼前一黑，彻底倒了下去。

谢泽阳醒来时，发现自己正躺在医院的病床上。

"你行不行啊？老谢！知道自己晕血还不注意点儿！"许澄光坐在病床旁，皱眉说道。

"沈冰清呢？"他焦急地问。

"沈冰清？"

许澄光反应过来："她没事，但遭了点罪，缝了几针。她麻药不耐受，缝针的时候哭天喊地的。丁峻明和我在旁边，本来想骂她，看她疼成那样，根本开不了口。"

谢泽阳挣扎着要起身。

"哎，你干吗？"许澄光按住他。

"我去看看。"他说。

"她真没事，你自己还没好利索呢！"许澄光无奈地劝道，最终妥协，"行，我跟你过去。"

沈冰清所在的病房外,谢泽阳刚走近门口,就听到她的声音从里面传了出来。

"还是烫!"

丁峻明给她换了一杯水:"这回呢,祖宗?"

"太冰了。"沈冰清说,"算了,我将就喝吧。"

丁峻明突然抬起手,沈冰清条件反射似的一躲,牵动了身上的伤口,疼得倒吸了一口凉气。

"我试一下体温,你躲什么啊!"他吼道。

她缩了缩脖子:"我以为你要打我。"

"你要不是病号,我真想打你。"

"你敢!"

"是谁跟我说的?说不用我去找他,自己能解决?你就这么解决的,是吧?连小命都不要了,真行!真厉害!"丁峻明喋喋不休地挖苦她,又拉着脸问,"真就这么喜欢他?"

沈冰清突然垂下头,沉默了许久,不知道在想什么。

"不想喜欢了。"她低声说,声音轻得像在喃喃自语,"喜欢一个人,太累了。"

病房外。

"怎么不进去?"许澄光在一旁问谢泽阳,"你不是特意来看她的吗?"

"不进了。你进去陪她吧,我回去了。"

"你自己能行吗?"许澄光问。

谢泽阳淡淡道:"没事。"

谢泽阳转身往自己的病房走,中途被护士喊到办公室补填了一下个人信息。等他回到病房门口时,看见沈冰清正穿着病号服独自坐在走廊的座椅上。

视线相对的瞬间,她从座椅上起身,走到他面前,清了清嗓子:"咳……

"好巧啊,谢泽阳,在这儿遇见你。

"我听说你做实验把手给划伤了,还晕血昏倒了。不是我说你,做事得专心,既然知道自己晕血,还不小心一点……"

她挡在门口,脸色苍白得不行,额上还渗着薄汗,嘴唇也毫无血色。

不好好在房间休息,还有心思来取笑他。

谢泽阳心里又是一阵烦乱,伸手拉起她:"回病房。"

"你干吗!我受伤了,你还用这么大力气扯我!"

他立刻松开了手,注意到她的手腕上有好几道明显的青紫,心里的烦乱瞬间达到了极点。

"所以呢?"他停下脚步,冷着声音问她。

她一怔:"所以什么?"

"所以你这些伤都是怎么来的?"

"我……这和你有关系吗?"

"早恋,打架,进医院。你爸给你转学,答应你来借读,就是为了让你来干这些事的,是吗?沈冰清,人要是自甘堕落就没救了,谁都救不了你。"

沈冰清沉默了一会儿,冲他喊道:"我的事不用你管!我也不用你救!"

"谁爱管你?"他说。

他推开病房门往里走,感觉到身后有一个东西砸到了自己的背上,软绵绵的,力道很重,砸在身上却并不疼。

只见她书包上的小熊玩偶掉落在了地上。

他回头看她，注意到她正气鼓鼓地瞪着自己，眼圈微微泛红，看着像要哭了。

他转过头，眼睫止不住地颤抖。

明明背上不疼，哪里都没受伤，心脏却是疼的，像被无形的利刃狠狠剜刺，疼到他胸腔震颤，快要无法呼吸。

他想起了自己在实验室听到她受伤被送去医院时的感受。

一颗心就这样送出去，挂在一个根本不在意自己的人身上，任由她处置。

这就是喜欢吗？

初中班主任说，沈冰清没心没肺，对人对事永远三分钟热度，干什么都没长进。

单艺迪说，她没有一次站在你这边过。

她可以处处维护丁峻明，也可以为了吴皓打架住院。

在她的心里，丁峻明、许澄光、江萌、吴皓，太多人都比他更重要。

所以当初，她在他抽血的时候捂住他的眼睛能代表什么？

在他生日那天对他说生日快乐，唱歌给他听，送给他生日礼物能代表什么？

在蜡烛燃烧时许下心愿，说自己的愿望是希望他全部的愿望都可以实现，又能代表什么？

他早就已经不是她的班长，也不是她的同桌了。

失去了这两个身份的他，在她眼里又是什么？一个可以简单寒暄，但擦肩过后不想再多看一眼的老同学吗？

他垂在身侧的手指渐渐握紧，最终又无力松开，再回过头时，走廊里空荡一片，她的身影已经消失不见。

第二十章 / 雪天

"北京下雪了。"
"我背她去医院,她发现我的腿受伤了,一直在哭,哭得很凶。"
"她好像很担心我。"

——谢泽阳的日记

夜里回到家,谢泽阳站在门厅换鞋,注意到置物架上挂着一条米白色的羊绒围巾,样式有些眼熟。

很像……沈冰清戴的那条。

他心跳倏地漏了一拍,听见妈妈从房间里开了口。

"围巾是清清送给我的。

"我晚上去市医院对面摆摊了,想卖点儿反季的鞋。清清刚好从医院里出来,小脸煞白的,嘴唇也干得快没血色了。她不告诉我生了什么病,还张罗着要帮我一起卖鞋,说想让我早点回家。"

妈妈说着咳了起来:"听见我咳嗽,又看我穿得少,她非要把脖子上的围巾摘下来给我。我让她来家里吃个晚饭,她说不来了。"

"嗯。"谢泽阳去厨房接了杯温水,递给妈妈,"以后您晚上别去摆摊了,跟我说一声,我去。"

"你去什么去,在家好好学习!我是晚上没什么事儿做,在家闲着也是闲着……"谢妈妈说道,"不过你别说,清清这小姑娘啊……真的特别好。"

沉默片刻后,他低低"嗯"了一声。

谢妈妈看着他，忽然笑了："你啊。

"真不知道你以后会喜欢什么样的姑娘。

"还有你这什么事儿都闷着不说的性格，也不知道以后能不能改。"

谢泽阳没说话，轻恍了下神。

他喜欢的姑娘吗？

其实现在就有了，更确切地说，其实好久之前已经就有了。

可惜她的生活，却离他那样遥远。

远到他无权参与和过问，就只能站在一旁远远地看。

远到他对她所有的感情，都仅仅只能止步于喜欢。

不必宣之于口，也同样没有任何用处的喜欢。

去北京参加竞赛集训这天，谢泽阳在家收拾好行李，准时出发去学校。

"你不知道，就她那样的，和我装什么无辜清纯？"

路过职高门口时，他无意间瞥见几个混混正聚在一起抽烟，嘴里聊着什么。

"吴皓是她家保姆的儿子，我以为他和沈冰清一样，都不是什么好人，两人搁一块儿瞎玩呗。谁知道沈冰清这么猛，我手里拿着刀呢！她都敢冲过来！给咱几个惹了这么大麻烦，让咱躲警察躲了好多天了……"

"早知道她那么虎，就应该早给她点颜色尝尝……"

没等那人把话说完，谢泽阳放下行李走了过去。

他眼底怒色翻涌，揪住对方的领子，力道不断收紧，抡起一拳打在对方的脸上。

那人捂着脸抬头，难以置信地瞪着他，破口大骂道："你谁啊你？

有病吧？"

"你再说一句试试。"他看着男人，眼里满是冰冷戾气。

那人一愣，突然咧嘴笑了："怎么，你喜欢沈冰清啊？弟弟，听哥一句劝，提高点眼光，别每天盯着……"

没等那人把话说完，谢泽阳挥手又是重重一拳。那人嘴角渗血，正欲还手，被谢泽阳抓住胳膊朝腹部狠狠踢了一脚。那人疼得惨叫一声，歪斜着躺倒在了地上。

旁边的几个混混反应过来将谢泽阳团团围住。打斗之中，谢泽阳势单力薄，才躲开一个人迎面的袭击，不等他喘息，又一个人从他身侧冲了上来，猛力踹在他的右腿上。膝上一阵剧痛，他浑身绷紧，痛得脸色泛白，支撑不住跪倒在地。

周围有保安赶过来，迅速将几个混混制伏。

谢泽阳颤着双腿站起身，双唇紧闭，拍了拍裤子上的土，看了眼手表上的时间。

眼看马上就要发车，他强忍住腿上的痛楚，努力加快脚步，一瘸一拐地朝学校走去。

他穿着黑色直筒长裤，膝盖上的血迹并不太明显，然而上车后，他还是被身边的人看出了异样。

"阳哥，你的腿咋了？旧伤犯了吗？"程勇问他。

"没事。"他淡淡地说。

车上的座位已经满了，只剩下沈冰清旁边还有一个空位。

"哎，沈冰清。"程勇忽然转过头，对身后的沈冰清说，"你靠窗坐呗，让阳哥坐外面，他腿伤犯了。"

沈冰清没说话，也没看谢泽阳，抱着书包默默挪动了位置。

车子开动后，没过一会儿，沈冰清就靠着车窗睡着了。

正午太阳毒辣，谢泽阳看见她眉心皱了皱，睡得不太踏实。他站起身，把车窗的帘子拉了过来，遮住了窗外的刺眼光线。然而他刚一坐下，沈冰清的头就突然一歪，砸在了他的肩上。

他的心跳顷刻间停了一拍。

或许是因为天气太冷，少女瑟缩着往他身上蹭了蹭。谢泽阳坐得僵直，屏住了呼吸，垂眸安静注视着她呼吸清浅的睡颜。少女羽绒服袖口的手腕无意露了出来，几道青紫的痕迹依旧明显，显然并没有涂过药。

什么时候她才能对自己上点心？

他神色凝重，弯下腰去翻自己放在背包里的医药箱，牵动了腿上的伤口，又有鲜红的血迹渗了出来，染透了裤子的黑色面料。

他咬紧双唇，将双腿往前伸了伸，侧过身吃力地从医药箱里摸出了一支消炎药膏和一包棉签。他拿出一根棉签蘸了药，小心翼翼地将她的手腕抬起来，认真将药膏涂抹在她的伤处。他垂眼看了一会儿，又对着她的伤口轻轻吹了吹，才终于把她的手臂放回她的身侧。

随着车子前进，窗外的街景飞速倒退。他没有推开她，任由她靠在自己的肩上。大巴一路疾驰驶向远方，像是没有目的地。

阳光透过云雾洒进车窗，金色的光晕在空气中缓慢流淌。车上的同学们都已经陷入了沉睡，不知是谁正在播放的歌忘了关。

"……我无法传达我自己，从何说起，要如何翻译我爱你。我也想能与你搭起桥梁，建立默契，却词不达意。"

腿上的疼痛刺激着他的神经，让他无法安心闭目休息。又是一阵猛烈的疼痛袭来，伴随着酸胀的麻意，他动了动身体想调整一个合适的姿势，却怕一不小心会惊醒靠在自己肩上的人，一时间双手紧握，

143

只敢小幅度地挪动一下双腿。待她稍有动静，他便立刻停下动作，一动也不敢再动。

他凝望着少女的侧脸，察觉到自己滑稽僵硬的举动，无奈地露出了苦笑。

悠长的歌声旋律依旧在寂静的车厢里飘荡，每一句都在唱着他自己。

"我无法传达我自己，从何说起。

"却无法翻译我爱你，遗憾不已。

"我也想能与你搭起桥梁，建立默契，却词不达意。

"词不达意。"

下午，大巴抵达站点，谢泽阳和程勇、许澄光一起乘地铁来到了竞赛集训基地，沈冰清则打车去了比赛地点。

搬行李进宿舍时，程勇和许澄光发现了谢泽阳的异常，两人不顾他的阻止，强行卷起了他的裤腿。

"你疯了吧，老谢！受了这么重的伤，你一声不吭？"许澄光急声道。

程勇也紧跟着说："阳哥，你不会刚上车的时候腿就已经变成这样了吧？你咋不先去医院啊？"

"没多大事，不用担心。"谢泽阳说。

"多大的事叫大事？"许澄光急了，神色冷了下来，转头对程勇说，"我去医务室喊医生过来，你在这儿看着他坐着别动。"

没过多久，医生跟随许澄光赶了过来，帮谢泽阳处理了伤口。

"肌腱受损，需要静养。没有必要你就先别动了。"医生说。

"待会儿的开班仪式你别去了，反正也没什么用，我俩给你请个假。"许澄光说,"你就安心在宿舍里待着,晚饭我帮你带。"

许澄光:"水壶里的水够不够喝?我给你接满,你自己别去打水了。"

谢泽阳笑了笑:"真不至于。"

"至于!"许澄光打断他,"咱们的手机都被收了,联系也不方便。有事儿你记得喊宿管老师,她那儿的电话能打到教学楼。"

"有急事儿一定记得联系我俩啊!"临走之前,许澄光和程勇嘱咐他说。

"好。"谢泽阳应道,心里涌出一阵说不出的温暖。

谢泽阳坐在书桌前看书,注意到窗外不知何时飘起了雪花。

不知道沈冰清比赛顺不顺利,如果不顺利的话,会不会哭鼻子?

应该会很顺利吧,毕竟唱歌跳舞从来都难不倒她。而且她参加比赛从来不紧张,那么爱笑,应该会很讨评委老师的喜欢。

书桌的角落里,摆放着一张在地铁口发旅行社传单的阿姨顺手塞给他的北京城市地图。他放下笔,把折叠的地图轻轻展开,找到了清华大学和北京电影学院所在的位置,用手指大概测算了一下它们之间的距离。

不远的。

沈冰清,清华和北影之间离得不远的。

他用指腹一点点摩挲着地图上两个小小的图标,目光逐渐变得温柔,在心里默默地对她说。

我们一起努力。

一起考上清华和北影,好不好?

因为我真的很想和你在同一个城市读大学。

我还保留着初一那年你送给我的那幅画。

那幅画着清华大学校门的画。

那幅画，你……还记得吗？

"许澄光在不在？"宿管老师突然推门问道，打断了谢泽阳的思绪。

"没在。"他回答说，又问，"怎么了，老师？"

"有他的电话，听着挺着急的。"宿管老师说。

"我去接吧。"他说完，扶着桌沿从椅子上起身，跟随宿管老师来到了宿舍楼大厅的值班室。

他一拿起听筒就听到那头的人嘀嘀咕咕道："光光，我不小心撞到树上了，脸被划伤了，还流了血……凭你的经验，你觉得……会毁容吗？"

"我的脚也不小心崴了，疼得动不了……手机马上就没电了。

"你现在能来接我吗？不能的话我就等……"

沈冰清带着哭腔的声音一句句传来，谢泽阳极力克制住身体的颤抖，哑声开口问她："你在哪儿？"

对面瞬间没了声音。

"沈冰清？你还在比赛的地方吗？"

隔了很久，他终于听见她低低说了声："嗯。"

他说："我现在去找你。"

对面再次陷入了沉寂，只有细微的啜泣声隐约穿透了听筒。

谢泽阳心脏剧烈收缩，胸口如同刀绞，疼得他难以呼吸。

他说："你再忍一下，我马上到。

"没事的。

"别怕。"

谢泽阳心急如焚，在推开宿舍楼大门的瞬间，膝盖猛然传来了撕裂般的痛意。路上堆满积雪，他根本打不到车，只能趔趄着奔向最近的地铁站。下了地铁后，他咬紧牙关，额上布满了冷汗，跌跌跄跄找到了沈冰清比赛的地点。

等他见到她时，发现她正坐在树下，脸颊上有几道渗血的划痕。

她没说话，也没有哭，只是环抱双臂独自蜷缩在角落。他来到她面前，她怔怔抬起头，眨了眨眼睛，忽然有眼泪落了下来。

"别哭，"他慌忙伸手去抹她的泪痕，"脸上有伤。"

他话刚说完，她却哭得更凶了，眼泪大颗大颗地顺着脸颊不停滚落，肩膀剧烈起伏，一声接着一声地抽噎。

他手忙脚乱帮她擦去眼泪，鼻腔酸涩，眼底绯红一片。

"没事，别怕，我们现在就去医院。"他望着她的眼睛，语气带着哄，"不哭了，好不好？"

沈冰清眼泪渐渐收了回去，嗓音像含了沙，抽搭着"嗯"了一声。

他把羽绒服外套脱下来，想给她穿上，被她伸手拦住。

"穿着吧，我不冷。"他说。

他给她裹上外套，然后转身弯下腰，双手钩住她的膝弯将她背了起来。

没走两步，沈冰清就发现了他的不对劲。

"谢阳阳，你的腿怎么了？"

他脚步倏地一颤。

她喊他"谢阳阳"。

"没事。"他说。

"你的腿伤犯了吗？快把我放下来，我不用你背我！"她挣扎着要从他背上下来。

"真没事，别乱动。"怕她扯到脚踝的伤，他情急地喊她，又怕自己太凶了，会让她不开心，连忙放轻了语气。

"我没事，真的……"

沈冰清沉默了很久，忽然问："你……集训顺利吗？"

"嗯。"

"我今天也挺顺利的，除了结束之后没看清路，撞到树上摔了一跤。"

"嗯。"谢泽阳的声音很低，听不清情绪。

过了半晌，他突然问："这个比赛，很重要吗？"

"很重要。"她说，"因为这是第一件……我擅长的，可以做好的事情。"

她突然问："谢阳阳，我能问你一个问题吗？"

"你为什么……"

还没等她说完，谢泽阳脚下一崴。膝盖处涌上钻心的疼痛，痛得他浑身颤抖，腿都站不直，托住她的手却下意识收得更紧。

"谢阳阳！"

沈冰清挣扎着从他背上跳下来，卷起他的裤脚，看到他膝盖上触目惊心的伤痕和血迹，眼泪唰地涌了出来。

"这是怎么弄的？"

"谢阳阳！这是被谁打的吗！

"你不是打架很厉害吗？你怎么伤这么重的……

"伤这么重还跑过来找我，还背我走这么远……你是傻子吗……"

见他疼得说不出话，她也不说话了，只是哭。他心里跟着难受，轻轻伸出手，想去擦掉她脸上的泪痕，视线却开始模糊，眼前一黑，彻底再支撑不住。

失去意识之前，他听见沈冰清一边哭一边大声喊他的名字。

别哭。

他艰难地想要开口对她说,手指却终究无力垂了下去,倒在了眼前人的怀里。

第二十一章　/ 流星

"沈冰清，如果流星有魔法，心愿能实现。
那么我的心愿是，我想留住每一刻，我和你在一起的时间。"
　　　　　　　　——谢泽阳的日记

"阳哥，虽说你答应了徐老师要照顾大家，但也不用这么把自己豁出去吧。"医院病房里，程勇站在床前叹气，"光光不是说了吗？有急事一定要联系我俩！你出发之前倒是先打电话喊我俩啊！"

"太急了，我没想那么多。"谢泽阳回答道，接着问，"沈冰清呢？"

"她没事，光光陪她在检查室处理伤口呢，应该一会儿就能回来。"

"嗯。"

"没路灯不知道打手电？那么大一棵树你都能撞上面，想什么呢？"许澄光的声音从病房门口传了过来，"这几天你记得别洗脸啊，伤口痒也别挠！"

"知道了。"沈冰清小声嘟囔，跟在许澄光身后走进了病房。

许澄光抬眼看到谢泽阳，又看了眼沈冰清，无奈地摇了摇头："你俩真是……"

"太不让人省心了！"程勇叉腰补充，忽然想起了什么，一拍脑门，对许澄光说，"老师让咱俩处理完就赶紧回去……"

"你俩回去吧。"沈冰清说，"我在这儿陪他等医生查完房，一会儿打车送他回去。"

"好吧。"

许澄光临走前嘱咐了一句："有事儿千万打电话！"

"知道啦！"沈冰清摆了摆手，催促他俩离开。

"谢阳阳，你腿还疼吗？"沈冰清问谢泽阳。

他看向她，摇了摇头。

她偏开脸，抬手遮了下脸上的划痕，小声道："骗人。肯定很疼。"

"你呢？还疼不疼？"他问。

沈冰清用力摇了摇头："不疼了。"

"医生怎么说？会不会毁容？"他嘴角噙着笑意，接着问她。

沈冰清瞪了他一眼，说："我又不知道这种小伤不会毁容……你嘲笑我。"

"没有。"他把她的手拿下来，"别挡了，一直抬着胳膊累不累。"

"不好看。"沈冰清撇着嘴说。

"伤口很快就会好的。"他说，"而且，不会不好看。"

他语气认真："你很好看，真的。"

沈冰清怔怔望着他，突然开口说："谢阳阳，等你腿伤好了，集训结束之后，我带你去个地方吧。"

"去哪儿？"他问。

"保密，先不告诉你。"她说。

集训结束当晚刚好是平安夜，谢泽阳走出集训基地，看到了站在路灯下等他的沈冰清。

安静的街道上，漫天雪花悄然飘落，在莹白月光下飞舞摇曳，如诗如画。少女双手插在棉衣口袋里，下巴埋进厚重的围巾，留下红润的唇瓣和黑亮的眼睛,在看到他的一瞬间,眼睛弯了起来。

他没有猜到,沈冰清要带他去的地方,是清华大学。

他站在校门口愣神,她突然拿出手机,拍下了一张照片,又捂住屏幕来到他面前,笑着问他:"谢阳阳!你猜我拍到了什么!"

还没等他回答,她便马上将手机屏幕递给他看。

"我拍到了你和你的月亮!

"平安夜快乐,谢阳阳!

"希望你所有的愿望都可以实现!"

他静静凝视着她,喉间微微一哽,对她说:"我也给你拍张照吧。"

"好!"她摆好拍照姿势,他举起手机正要将镜头对准她,突然听见她说,"谢阳阳!别忘了开美颜!"

他被逗笑了,嘴角勾起弧度,应声道:"好——"

手机镜头里,沈冰清站在清华大学的校门口笑得明媚灿烂,他嘴角笑意更深,手指按下了拍摄键。

"给我看看!"见他拍完,她飞快地凑到屏幕前,满意地说道,"好看!你发给我吧!"

"好。"他把照片用微信发给了她,又将照片存进了自己的手机相册里。

相册里,他给这张照片命名为——"月亮"。

你知道吗,沈冰清?

你和梦想,都是我心中最遥不可及的月亮。

高二下学期,暑假开始前,学校布置了一项暑期社会实践任务,要求所有同学在假期里选择一个地点进行社会实践调研,并以小组为单位形成一份实践报告,开学后上交。

教室里，同学们激烈讨论着假期打算去哪个地方做实践，并按照各自想去的城市开始组队。

许澄光问谢泽阳："暑假要不要一起去 L 市？到时候不仅可以把社会实践项目给做了，还能顺便去海边玩。学校报销部分经费，机会难得。"

"对啊阳哥，我也去，你要不要一起？"程勇转过头说。

"好。"谢泽阳答应道。

"太好了！"程勇高兴道，又问许澄光，"一个组至少五个人，还差两个，咱们再找两人？"

"不用了。"许澄光说，"沈冰清和江萌跟咱们一起。"

谢泽阳呼吸一颤。

"完美！"程勇比了个"OK"的手势。

"对了，萌萌告诉我，这几天林老师回来了，正好要去 L 市见一个朋友，到时候她和咱们一起坐车去。"许澄光补充道。

程勇一惊："哇！这么惊喜的吗？一年多没见，我可太想她了……"

许澄光挑眉一笑，偏头对谢泽阳说："老谢，你晚上提醒我买票哈。"

"好。"他说。

正值暑期高峰，他们票买得晚，高铁票已经售空，于是他们买了夜里去 L 市的火车卧铺票。

出发前，谢泽阳在房间收拾行李，妈妈拿了几罐卤好的肉装进他的背包里："带着路上吃。"

"太多了。"他说，"您自己留着吃吧！"

"不多！我还怕不够呢！到时候给老师和同学分一分！"谢妈妈

153

嘱咐,"这次出去好好放松一下,好好玩,多拍点儿照片给妈看看。"

谢妈妈说:"等以后什么时候有机会,你带妈也去海边儿逛逛!"

"好。这几天您自己在家,一定要注意身体。"他嘱咐妈妈。

"没事儿,正好你小姨要过来陪我。放心吧!"谢妈妈说。

他们在火车站大厅集合,开始检票后,几人一起排队上了车。

这次社会实践活动由谢泽阳带队,徐老师要求他在明早前提交本小组的社会实践选题。他打开笔记本电脑开始查阅资料,过了一会儿,手机提示音突然响了一声。

他点开屏幕,看到小姨给他发了两条消息:你妈今晚做了个小手术。怕你担心,一直不让我告诉你。现在手术做完了,我陪着她呢,你放心吧!

小姨:等麻药劲儿再缓缓,我让她给你打个电话。

他眸色一沉,立刻回消息:小姨,我想现在回去。

小姨回复道:你回什么回?你妈特意嘱咐我,不让我告诉你。你可别出卖我。

小姨:安心去吧!有我呢!

他打字:好……谢谢小姨。

摇摇晃晃的车厢里,林絮正坐在床上打视频电话。

"你们上车了吗?"视频中,一个男人的声音传了过来。

"上车了。"林絮说,"萌萌挺好的,已经睡着了。"

对面的男人问:"你呢?"

林絮一怔,回答说:"我也挺好的,不用担心。"

"累不累?"男人接着问。

"不累。"林絮说。

"有点儿不甘心,作为一个在L市读了四年大学的人,你第一次去L市玩居然不是我带你。"男人声音里带了点儿委屈。

林絮看着视频笑了。

坐在林絮身边的沈冰清突然把脑袋探到手机屏幕前,笑盈盈地打招呼说:"小江哥哥晚上好!我是萌萌的好朋友,我叫沈冰清!"

谢泽阳这才意识到,视频中的男人是江萌的堂哥江亦风。

"你好!"男人也笑着和沈冰清打了个招呼。

"哥哥,你是林老师的男朋友吗?"沈冰清突然开口问道。

男人抿了抿唇,笑着说:"你问林老师。"

林絮顿了顿,含笑点了点头。

视频里的男人几乎和她同时笑了起来,眉眼清澈,笑得格外好看。

"哇!"沈冰清抑制不住想要和其他人分享八卦的冲动,见程勇已经打起了呼噜,江萌也睡着了,她迅速起身摇了摇躺在上铺的许澄光的胳膊。

"我睡了啊,你别动我。"许澄光哼唧道。

"你睡得着吗?"她皱眉问。

"睡得着!都多晚了,你也赶紧睡!"许澄光说完便没了动静。

沈冰清没再理他,独自坐回床上,视线落到了正在电脑前敲打键盘的谢泽阳身上。

"你还不睡吗?"她问他,又劝他,"明天再忙,先睡吧。"

"好。"他答应道,随即按下了文档的保存键,合上了电脑。

"你今天……是不是不开心?"沈冰清忽然问他。

他疑惑地抬头:"为什么这么问?"

"虽然你一直不怎么说话。开心和不开心之间只有一点点很小的变化，但我还是可以感受出来的。"

她看着他的眼睛，很认真地说："我可以感受出来，所以，你如果有什么不开心的事，都可以和我说。"

她向他保证："我一定会帮你保密的！"

谢泽阳眼睫颤了颤，开口对她说："我妈妈……今天做了个手术。"

"啊？"沈冰清眉头皱起，"那有没有人照顾阿姨？"

"有的，我小姨在。"

"那就好。"沈冰清眉头这才舒展开。

"我来之前，她没告诉我。"他接着说，"我小姨跟我说，她一定要让我等实践结束了再回去。"

"阿姨是想让你开心地出来玩一次。"沈冰清说，"你放心吧，阿姨很有福气的，手术一定会非常顺利。"

"谢谢你。"他朝沈冰清笑笑。

翌日火车到站。

他们在酒店把行李放好，一起乘地铁来到了海边。程勇提议他们做完社会实践，晚上一起在海边吃烧烤，看夜景，顺便再搭个帐篷住下，第二天一早可以在海边看日出。

落日黄昏，红日高悬，橘色的光晕将海面映照得波光粼粼，碎金闪烁。蔚蓝的海浪不时地拍打着岸边的礁石，溅起一层层雪白的泡沫。

谢泽阳不怎么饿，没有和他们一起去吃烧烤，独自坐在长椅上写社会实践报告。

过了一会儿，程勇端着一盘烤串朝他走了过来。

"你们吃完了？"他抬头问。

"吃完了。"程勇说，"你先别写了，吃点串，给你留的。"

"不吃了,我不饿。留着你们饿了吃吧。"他说。

"真不吃?吃点儿吧!沈冰清专门给你烤的。她说你不吃辣,特意没放辣。"程勇劝他道。

谢泽阳打字的动作一顿,把程勇手里的托盘接了过来。

盘子里有各种肉串、鱼虾、青菜和面包片。

他从小吃不了辣,初一那年他和沈冰清说过一次,没想到她竟然还记得。

"沈冰清呢?"他仰头问程勇。

"拎个塑料玩具桶和江萌去沙滩堆城堡去了。"程勇说。

谢泽阳抿了抿唇,垂下眼笑了。

"班长,你笑了?"程勇惊讶。

"嗯。"谢泽阳没掩饰,大方承认,抬眼问他,"怎么了?"

程勇挠了挠头:"没怎么,就是没想到,沈冰清居然还有这功能。"

"早知道就应该让你天天和她待在一起,多笑笑。"程勇挑眉,"你笑起来更帅了。"

谢泽阳把托盘放在桌上,淡声对他说:"谢了。"

"那你吃着,我去找光光了!"程勇说完便转身跑开。

谢泽阳默默盯着眼前的烤串出神,忽然想起一个问题。

既然沈冰清不喜欢丁峻明,也不喜欢吴皓,那是不是就证明,她现在还没有喜欢的人?

如果她现在还没有喜欢的人,那他能不能让她知道,他喜欢她?

他忽然很想做些什么,让她也能喜欢上他。

如果她讨厌他板着脸,那他就多笑一笑。

如果她讨厌他话少,那他就主动多和她说说话。

如果她讨厌他冷冰冰的有距离感,那他就经常黏着她。

她想考北影,那他就尽最大的努力去帮助她。

她想去哪里,他也跟着她一起去哪里。

可以吗?

虽然,现在的他还不够好,给不了她什么,但如果他足够努力呢?

是不是在未来的某一天,他就可以不用再这么自卑。

他一直都想给她更多。

他一直都想给她最好的。

接连不断的想法纷至沓来,在他的脑海中奔泻而出,一颗心仿佛快要跳出他的胸腔。

他忽然不想再等了,不想再等,不想再故作淡漠,不想再压抑和克制自己的情感。

他真的好想和她回到初一那年,他们毫无顾忌地彼此真心相待,日复一日朝夕相处的那段时光里。

真的,好想好想。

"还在写稿子?"林絮走到谢泽阳身边,在长椅上坐了下来。

"老师好。"他立刻起立,向林絮问好。

"快坐吧。"林絮说,"我帮你看看报告,你先吃点东西。"

林絮一边翻看电脑上的文档,一边问他:"期末成绩怎么样?"

"语文没太考好。"他回答说,"语文老师说,我总容易想太多,所以答阅读题的时候经常思路走偏,踩不上得分点。"

他忽然问林絮:"老师,您是不是也觉得,我这样的性格……挺不好的?"

"不好?"林絮讶异,笑着问他,"那你觉得,什么样的性格才是好的?"

"像……许澄光、程勇他们那样的。老师,其实我心里,一直挺自卑的。"

林絮认真听着他的话,沉默片刻后,缓缓开口说:"其实回忆起来我的青春,好像也一样。自卑、不勇敢,也会羡慕身边那些开朗自信的同学。

"我也没有经历过那种很张扬肆意的青春。

"但那是我的青春。

"现在回想起来,唯一的遗憾,是自己没有勇敢过一次。

"性格没有好坏之分,能够尽最大的努力去成为最好的自己,尽可能不让自己在长大后留下遗憾,就已经很好了。"

林絮拍了拍谢泽阳的肩膀:"你很好,真的。所以一定要再勇敢一点儿,再骄傲一点儿。"

听了林絮的话,他心里暖暖的,诚恳地向她道谢:"谢谢您,老师。"

天色渐暗,夜幕繁星点点,月亮在沙滩洒下银白的光芒,幽蓝的海水被笼罩在一片静谧之中。

林絮去了市里的朋友家,临走前嘱咐他们注意安全,明早按时出发。将实践报告整理了一番后,谢泽阳抱着电脑回到了帐篷里。

临睡前,程勇突然钻进他的帐篷:"阳哥,睡了没?帮我个忙呗。帮我去海边摆点蜡烛,再陪我去放个烟花。"

"你要告白?"谢泽阳脱口问道。

"啥啊?不是!"程勇解释,"光光明天生日,我想在零点的时候,给他整个'大惊喜'!

"活有点儿多,你帮我弄弄呗。我本来想找沈冰清帮忙的,但感觉她看着像藏不住秘密的样子。"

"好。"谢泽阳答应。

谢泽阳和程勇一起找出蜡烛，在沙滩上将蜡烛摆成"XCG"三个字母的形状，又到附近的蛋糕店取了提前预订的蛋糕，最后将烟花搬到远处一个不起眼的地方。

时间一分一秒地过去，快到零点时，他们把大家从各自的帐篷里喊了出来。

许澄光已经睡着了，揉着惺忪的睡眼走到那边，嘴里咕哝着："大半夜的什么事啊？这么神秘……"

他话没说完，时间已经到零点。海上一道弧线骤然划过天际，伴随"嘭"的一声，无数烟花争先恐后地炸开，迸发出闪耀夺目的光芒。漆黑的夜空被满溢的流光铺洒晕染，霎时间亮如白昼。

许澄光怔在原地，一垂眸，看到沙滩上正摆放着排成自己名字首字母缩写的蜡烛，在暗夜里灼灼燃烧，舞动出美丽动人的光亮。

暖黄烛光中，谢泽阳把蛋糕从帐篷里端了出来，和周围的人群一起拍手鼓掌，为许澄光点燃蛋糕上的十七支蜡烛，合唱《生日快乐歌》给他听。

许澄光感动不已，立刻跑回帐篷取了手机，在群聊里给他们发了个大红包。

他被程勇戴上了生日帽，双手合十对着生日蛋糕许愿，很大方地为他们每个人都许下了一个愿望。

许澄光给谢泽阳许下的愿望是："年少有为。一生勇敢，一生坦荡。"

一生勇敢，一生坦荡。

许澄光话音落下的一刹那，谢泽阳抬眸望向了站在自己对面的沈冰清。

她鼻尖被海风吹得微红，额角的发丝贴在白皙的脸颊上，翘起的嘴角仿佛一弯清丽的月亮。

视线交汇的瞬间，第一次，他没有躲闪，而是迎上她的目光，望着她笑了。

然而她的目光却闪开了。

她眼睫一垂，视线转瞬落到程勇买来的蛋糕上，兴奋地喊道："程勇！蛋糕上这个小男孩玩偶，是你按照光光的样子定做的吗？"

程勇得意地扬眉："没错！"

"呜呜呜，太可爱了。"她说，"我下次过生日也想要一个这样的，不过是不是要提前很久预定……"

"也不用太久，你如果不想提前预定的话，倒是也有现成的。"程勇说。

"现成的？"

"对啊，有个中间带个大橘子的，不就是你吗？"

"程勇！"沈冰清气急打他。

谢泽阳抿唇笑了，垂下眼，默默记下了蛋糕包装盒上标注的蛋糕店地址和电话号码。

等到沈冰清生日那天，他准备定一个水晶城堡形状的生日蛋糕，送给这个正在追着程勇跑的活泼欢乐的橘子公主。

给许澄光过完生日，时间已是凌晨两点多。他们把场地打扫干净，纷纷回到各自的帐篷休息。

谢泽阳从书包摸出手机，发现手机突然黑屏了。他按了好几下按键，手机都毫无反应。

"咋了，阳哥？"程勇问他。

"手机坏了。"他说。

"那怎么办？咱们明早就坐车去郊区，也没时间修手机啊！现在估计也没有能修手机的地方开门……"

谢泽阳皱眉看着一片漆黑的手机屏幕："没事，你们明天先过去。我等手机修好了再去。"

"你把手机给我吧！"程勇说，"我去光光那儿帮你问问，看他会不会修。

"你就别过去了，我把我手机给你。你赶紧登上微信看看，别错过什么重要消息。"

"好，谢了。"他接过程勇递来的手机。

谢泽阳拿着程勇的手机，心神有些不宁。

手机偏偏在这个时候坏了，他该怎么联系上妈妈？

虽然借用别人的手机登录微信或者打电话也可以，但终究还是没那么方便。

其实他不应该来的。

如果他不来，如果他能察觉到妈妈有事瞒着他，如果他能多关注一下妈妈的身体状况，是不是现在的情况就不会发生？

"阳哥！不好了！沈冰清不见了！"程勇的声音突然传来，"刚刚光光和江萌都没在，不知道去哪儿了，我就把你手机留给沈冰清了，她说她帮你看看。

"然后我再回去找她的时候，她人就没影了……"

谢泽阳心绪慌乱，用程勇的手机拨通了沈冰清的电话，对面传来了已经关机的提醒。

"我给光光、江萌他俩也打个电话，咱们分头去找吧！实在找不到就报警！"程勇说。

"好。"谢泽阳答应。

寂静深夜里，冷落空旷的街道上看不见一个人影，只有道路两旁横斜的树枝被冷风吹动，发出唰唰的摇摆声。

谢泽阳在幽深暮色中漫无目的地寻找，直到呼吸变得急促，他扶着膝盖停下，肩膀剧烈起伏，冰冷的寒意浸透了他的全身。

他抬眼，注意到道路尽头有一个报刊亭还亮着灯，他费力地走到报刊亭门口，嗓音沙哑地开口问："大爷，请问您有没有看到一个女孩，她穿着一条牛仔裙，眼睛很大，扎着丸子头……"

他正焦急询问，身后突然传来一道熟悉的喊声。

"谢阳阳！"

他蓦地转过头，在看到沈冰清身影的一瞬间，脑海中紧绷的那根弦"咔嚓"一声绷断，几乎是失去了理智，飞快地跑过去，紧紧地抱住了她。

眼眶酸痛，眼底通红一片，他的视线微微模糊。

"怎……怎么了？"沈冰清愣住了，轻轻拍了拍他的背，"谢阳阳？"

他渐渐缓过神，松开她问："你跑去哪儿了？"

"我手机没电了……"

"我来给你修手机了！"她把他的手机从牛仔裙的口袋里拿了出来，眨着亮晶晶的眼睛，递给他说，"已经修好啦！"

谢泽阳眼角湿润，怔怔盯着手机，喉咙发紧，一句话都说不出来。

"你肯定很惦记阿姨吧！

"我看屏幕上有个不久前的未接来电显示。

"你快给她回个电话！"

"好。"他接过手机,拨通了妈妈的电话。

"手术很顺利,放心吧。"谢妈妈在对面对他说,"你好好玩你的,不用惦记我。"

"我也想和阿姨说说话。"沈冰清在一旁悄悄道。

他一愣,把手机递给了她。

"阿姨好!我是清清!"她笑着跟谢妈妈打招呼,"阿姨,您一定要好好休息,快些把身体养好!

"我跟您说,L市有好多好吃的东西!我给您带回去!

"您喜欢吃螃蟹吗?还有小龙虾、鱿鱼丝、烤鱼片……都特别特别好吃!

"等您把病养好了,一定要全都尝尝!"

和谢妈妈说完话,她挂断了电话,把手机递还给谢泽阳。

"谢阳阳。"她喊他的名字。

"嗯?"他问。

"我听说待会儿有流星。

"我想去海边看流星!咱们快走!"

她拉起他就跑,他跟在她身后,垂眸静静注视着自己被她紧紧握住的手,五指渐渐收拢,用力回握住了她的手。

掌心相贴的一瞬间,他注意到沈冰清的脚步顿了顿。

潮湿的海风迎面扑过来,捎来清凉的气息。

他们在街道上一路狂奔,穿过一个个陌生的十字路口和商铺灯牌,跑得肆意淋漓,头脑放空,仿佛忘记了过去和以后。

只剩此刻,只有此刻,他们双手紧握,耳边只听得见彼此的心跳声。

终于抵达了海边,他们精疲力竭,并肩躺在了海滩上,仰头看着天空中的星星,大口喘着气。

"还好还好，时间还来得及。"沈冰清说。

谢泽阳偏头看她，忽然觉得，如果时间可以一直停留在此刻该有多好。

"不是说有流星吗？原来没有。"沈冰清看了眼手表，指针一刻不停地划过，夜空中始终漆黑一片。

"我还想许愿呢。"她失望地说道。

"你想许什么愿望？"他问。

"想……顺利考上北影。"

她突然说："谢阳阳，你猜我参加唱歌比赛那天，唱的什么歌？"

他还没出声，她便给出了答案："《最初的梦想》。"

谢泽阳的心脏颤了颤。

"初一那年你过生日，我给你唱过一次这首歌。你还记得吗？"

"嗯，记得。"

"我再给你唱一次吧！"

少女突然站起身，他也跟着站了起来。她的目光落进他的眼睛，轻轻开口："最初的梦想，绝对会到达……"

少女歌声动听悦耳，脸颊泛着红晕，眼睛漆黑明亮，唇边梨涡浅浅。

"沈清清。"

他喊她的名字，手指蜷了蜷，鼓起勇气说出了一句话。

"上次去北京，我算了一下距离。北影和清华离得不远。"

"嗯。"

"我们一起去北京读大学，好吗？"他望着她的眼睛，认真询问道。

沉默了片刻，沈冰清怔怔说道："好呀。"

谢泽阳一直安静注视着她，弯着眼笑了。从小到大，他第一次露出这样毫无保留的笑容。

"手机借我用一下。"她突然说。

他把手机递给她，注意到她举起手机对准了他，他警觉地问道："你在干吗？"

"偷偷给你拍了张照。"她捂着嘴笑了，逗他说，"挺好看的，超级好看！我决定用你的微信把它发个朋友圈……"

"不行！"

"沈清清！"

"快把手机还我！"

谢泽阳伸手抢她手里的手机，她转头就跑，眼看马上就要被他追上，脚下不小心一滑，猛地向前一跌。

谢泽阳反应很快，迅速护住她的头，自己垫在她身下，两人就这样一起摔倒在了沙滩上。

"摔到没？疼不疼？"他焦急地问道。

沈冰清摇了摇头。

突然，一颗流星划过，时空在这一瞬定格。

沈冰清猛地扭过头，冰凉柔软的发梢蹭过他的嘴角。

"谢阳阳，你快看！流星！"她兴奋地摇着他的手臂，大声喊道。

谢泽阳怔怔抬起头，空旷寂静的深夜里，只能听见他咚咚的心跳声。

远方是无垠的海岸线，海浪轻轻拍打着礁石，沙粒在月光的照耀下浮动闪烁。他垂眸望向怀中的女孩，对着划过的流星悄悄许下了自己的心愿。

沈冰清。

如果流星有魔法，心愿能实现。

那么此时此刻，我的心愿是，我想留住时间。

我想留住每一刻，我和你在一起的时间。

第二十二章 / 离别

"丁峻明对我说,我配不上她。"
"我知道的,我一直都知道。"
"所以,我放手了。"
　　　　　　——谢泽阳的日记

他们从海滩上起身往回走,谢泽阳发现沈冰清走得很慢,一瘸一拐的,看着有些吃力。

"脚疼。"沈冰清说,"这双凉鞋不太舒服,把脚底磨得好疼。"

"我背你回去吧。"他走到她身前,还没等她反应,便弯下腰揽过她的膝弯,将她背了起来。

"谢阳阳。"她趴在他的背上,轻轻喊他的名字。

"怎么了?"

"我好累啊,也好困,"她侧过头,脸颊贴上他的颈窝,"好想睡觉。"

"睡吧。"他说。

"你累吗?"

"不累。"

"谢阳阳。"

"嗯,怎么了?"

"这是你第二次背我。"她合上了眼睛,含糊地说,"第一次是在半年前,咱们去北京那次。

"那次你的腿受了好重的伤,但你还是跑过来找我了,还背我去医院,最后疼得站都站不稳了。

"其实我一直想问……谢阳阳,你为什么要对我这么好啊?"

谢泽阳脚步一顿,沉默了许久,终于稍稍提起了勇气。

"因为我……"他话刚说一半,就听见了她规律平缓的呼吸声,发现她已经睡着了。

他侧头去看她恬静的睡颜,嘴角微微弯了弯。

"因为——我喜欢你。"

他声音压得很低,甚至低过了他此时剧烈的心跳声。

也不知道这个睡熟的傻瓜能不能听得见。

谢泽阳背着沈冰清回到帐篷。

"我真是服了,好不容易等来了流星,结果你们一个个的都不见了!独留我一人在这冰冷寂寞的沙滩上。"程勇一脸幽怨,眼巴巴地望向他。

"许澄光和江萌还没回来?"谢泽阳惊讶地问。

"嗯呢,你俩报完平安之后,他俩就又跑没影了。"程勇无奈地耸肩,注意到趴在谢泽阳背上的沈冰清,大声道,"她这是咋了?"

"没事,睡着了。"谢泽阳淡淡道,"我送她回帐篷。"

谢泽阳把沈冰清送回帐篷,替她盖好了被子,又去药箱里拿了活血化瘀的药,把药液倒在手上,托起她的脚踝,在她脚上轻轻揉了起来。

药液冰凉,沈冰清眉头一皱,迷迷糊糊地睁开了眼。

"谢阳阳,我们已经回来了?"她问。

"嗯。"他答道,手上的动作没停。

沈冰清注意到他涂药的动作,脸颊微微泛红,连忙坐起来说:"我自己来!"

"我来吧。"他说。

沈冰清没再说话,安静坐在原地,眼睛一眨不眨地盯着他的侧脸看。

"谢阳阳,你眼睫毛长得真好看!"

"你初一的时候就说过这句话。"他说。

"我初一说过的话你还记得啊!肯定是因为这句话是夸你的,你才记得住。我说过的别的话你肯定都忘了!"

怎么会。

谢泽阳在心里反驳。

不光是这句,你说过的每一句话,我都能清楚记得。

"谢阳阳,暑假我们一起学习吧!我知道你每个假期都去市图书馆上自习,我想和你一起去!好吗?"

他手上的动作一顿,答应说:"好。"

"太好啦!

"你真好!

"超级超级好!

"比小心心!"她伸出手指给他比了个心。

他眼底绽开笑意,把手上的药瓶递给她,说:"明早起来记得再涂一次。"

"知道啦!谢谢班长!"她笑嘻嘻地接过药瓶。

谢泽阳转身走出了帐篷,没走几步,听见身后传来了一声:"谢阳阳!"

他转过头,看到少女扒开门帘探出了头,眨着眼睛喊他。

脚都磨破了,还这么不老实。

"谢阳阳!你相不相信我以后会变成大明星?"她问。

"我保证暑假每天和你一起学够十个小时!"沈冰清拍胸脯保证,"然后成功考上北京电影学院!和你一起去北京读大学!

"不过我害怕我早上起不来,想麻烦你帮我占个座。

"不过你放心,我这个人一向有恩必报!

"等未来我当上了大明星,我是一定、一定、一定不会忘记你的!"

谢泽阳笑了,没接她的话茬:"早点睡,睡醒起来记得涂药。"

他继续朝自己的帐篷走,再次听见她在他身后对他喊:"谢阳阳!我一定会变成大明星的!

"你等我变成大明星哦!

"你等我!"

他在帐篷前停步,转身望向她,嘴角依旧弯着:"知道了。

"明天见!大明星!"

她笑得更加灿烂,向他挥手说:"明天见!谢阳阳工程师!"

谢泽阳看着她的小脑袋缩回了帐篷里,心中一片柔软滚烫。

晚安。

明天见,我的大明星。

暑假里,谢泽阳每天去图书馆上自习,顺便帮沈冰清买早饭和占座。他的口袋里永远揣着橘子糖,仿佛已经形成了一种习惯。

临近开学的某天,傍晚从图书馆回家的路上,许澄光约谢泽阳见了一面,告诉他,自己要出国了。

短暂的沉默过后,他问许澄光:"江萌知道吗?"

"知道。"许澄光淡淡地说。

"她给我写了两个字,恭喜。"许澄光扯起嘴角笑了一下,"你知道她的表情吗?特别客气,特别官方。"

相处两年的时间里,这是谢泽阳第一次见到这样的许澄光。

他以前从没见到过这样的许澄光。

"本来放暑假之前,在 L 市那晚,我跟江萌都约好了,我说以后我们四个一起去北京……

"没办法。"许澄光说,"我妈不让我留下,我拗不过她。"

谢泽阳:"以后你还回不回来?"

"不知道。"许澄光垂着头,吸了下鼻子,笑笑说,"反正我就是……过来和你道个别。"

许澄光:"以后微信常联系,视频、语音都行。"他的手臂搭上谢泽阳的肩膀,"别太想我。"

"一路顺风。"谢泽阳说。

夜里回到家,沈冰清给谢泽阳发来了一条消息:明天早上我不去图书馆了,要送光光去机场。

谢泽阳回复:好。

沈冰清:你要不要一起来?

谢泽阳:好。

沈冰清:对了,萌萌好像生病了,今天我去她家玩,感觉她的状态有点不太对。但她和我说她没事。你们不是住同一个小区吗?你明天来机场的话,和她一起吧。

谢泽阳:好。

谢泽阳退出手机微信,拿起钥匙起身,出门去楼下倒垃圾。他刚扔完垃圾,突然发现小区花坛的角落里,江萌正抱着一本相册坐在长椅上发呆。

"你不回家吗？"他走到她面前问。

江萌看到谢泽阳，浅浅地笑了，摇了摇头。

"你没事吧？刚刚清清说，她有点担心你。"他说。

江萌依旧笑，向他比着手语："我没事。"

"许澄光明天上午的飞机，明早我们一起去机场？"他犹豫着开口问。

江萌冲他点头，明明嘴角还带着笑，眼泪却毫无察觉地落了下来。她下意识伸手去抹眼泪，微微别开了脸。

谢泽阳怔了怔，心里忽然有些难过。

"许澄光性子比较直。

"其实你有什么想对他说的，可以直接告诉他。

"我知道你……"他欲言又止，被江萌拿出手机打断。

"你听说过潮汐规律吗？"她在手机上打字。

那些字就像她在低声说话。

"浪花和月亮，它们看见了彼此，却注定无法共生。"

"我和他，不属于同一个世界。"

"是注定走不到一起的。"

谢泽阳默念完那几行字，一时哑然。

他可以和江萌共情，因为可以共情，所以他没有打断，没有劝阻。

她继续用手机打字，如同她在轻声细语："可我很开心认识他。"

江萌垂下头，将自己滴落在手机屏幕上的泪渍用手指轻轻抹干。

"就像——即便浪花和月亮无法共生。"

"但浪花还是看见了月亮。"

"它也会一直，看着它的月亮。"

暑假结束，高三开学，新的起点开启了新的征程，也带来了新的考验。

谢泽阳和沈冰清约好每个周末继续一起在市图书馆上自习。

"超市老板说这款橘子糖卖完了。"图书馆里，沈冰清下巴抵在桌子上，无精打采地说。

"我听说隔壁市有卖一种味道和它特别像的橘子糖，而且装在一个星星形状的玻璃罐里，糖纸还是双层的，最外面的一层bling bling的，特别好看!

"不过我最近肯定没机会去了，不知道等放了寒假再去买，会不会已经没有了。"她小声咕哝，"我要是能买到，就把每颗糖外面的那层糖纸都剥下来，写上一句激励自己的话，不想学习的时候就打开糖纸看看，然后吃一颗糖，一定马上满血复活!

"对了，谢阳阳。快到新年了，你有没有什么想要的礼物呀？"

他笑笑，摇了摇头："不用了。"

"那我还是自己想想吧。"她划拉着手机说。

次日天刚亮，谢泽阳乘坐大巴来到隔壁市，找到了手机定位里那家卖新款橘子糖的超市。他坐的早上第一班车，此时超市还没有开门，他裹紧身上的羽绒服，站在寒风中耐心等待。

"小伙子，你咋这么早就来了？这儿九点才开门呀!"

"我从外地坐车来的，清晨五点半的车。"他说。

"啧啧啧，你这是要买啥呀？这么上心？"老板打开卷帘门让他进来。

他走进门，一眼就看到了门口货架上摆放的玻璃罐橘子糖，将它拿起来放在了收银台上。

"小伙子,大冬天的跑这么远,一大早在这儿冻这么半天,就为了买罐水果糖啊?这么爱吃这个糖?"

"送同学的,她爱吃。"他回答道。

"哎哟,对同学这么上心呢!不会觉得不值得吗?"老板收完钱问他。

谢泽阳望着怀里的糖罐,抿了抿唇笑了。

"不会。"他说。

他没有告诉老板,曾经有一个女孩,在仲夏夜里跑遍了陌生城市的好几条街,只是为了找到一个可以把他的手机修好的地方。

从那时起,他就告诉自己,他会永远对这个女孩好,用尽自己的全部。

虽然,他好像并不知道自己都拥有些什么。但没关系,哪怕是一无所有的全部,也是全部。

他永远会给她他的全部。

回到家后,谢泽阳坐在书桌前,把玻璃罐里的糖全部倒了出来,然后按照沈冰清向他描述的那样,将每颗糖最外面一层的糖纸剥下来,在上面写下了一句祝福或鼓励她的话。

"清清,高考加油!"

"清清,别睡啦!"

"清清,你一定要'卷'过别人!"

"清清,你最棒!"

"清清,你一定可以减肥成功!"

……

他一张接着一张地写下去,直到写到最后一张,他发现自己已经把能够想到的祝福语全都写过了，思绪一滞，笔尖停在了糖纸上。

黑色中性笔洇染开细微的墨渍，他无意间失了神，而后调整了一下呼吸，在糖纸上写下了一句他一直很想告诉她的话。

"清清，我喜欢你，一直都好喜欢你。"

他缓缓放下笔，把写好的糖纸一张张包好，放回罐子里。包到最后一张时，他指尖颤了颤，将这颗糖果放在了所有糖果的最上面。

深夜里，他躺在床上，明明身体疲惫，却忽然没了睡意。经历一番辗转难眠，他起身按亮台灯，坐回书桌前，拧开了玻璃罐的盖子，把最后一颗糖果拿了出来。

接着，他伸手取下摆在书架上的橙色礼盒，将它打开，把这颗糖果放在了他一直珍藏的相框旁边。

他默默凝视着礼盒里的卡通画和一旁的橘子糖，心中滋味难以言喻，轻轻扯动了一下嘴角。

胆小鬼。

他合上礼盒，在心里暗暗自嘲。

第二天早上，闹铃还没响，谢泽阳便先被客厅里传来的说话声吵醒。他听到了大姑和妈妈的声音。

"要不让阳阳先休学呢？"

"不可能，我不可能让阳阳休学。"

"怎么了？"他下床，推开门问，"休什么学？发生什么事了？"

"没事！"妈妈笑笑说，"是你大姑，她听说有个剧组在招募演员，说你外形条件不错，还说什么如果你通过面试了就让你休学……我说那不行，阳阳都高三了……"

"对，对！看我想什么呢！"大姑干巴巴地笑着解释，"我今天早起散步,透过窗户看见你妈正在厨房给你做早饭,就顺便进来和她说说这件事。"

大姑说着站了起来:"那你们娘俩吃饭吧!我先走了!"

谢泽阳穿上外套,对妈妈说:"我去送送她。"

和大姑一起走到小区楼下,他开口问:"到底怎么回事?"

大姑叹了口气:"你爸欠了一百万……"

"这事和我们有什么关系?"他冷冷地问。

大姑:"你这孩子,说什么混账话呢!要是补不上这笔钱,法院就得强制执行!没准把你家这房子都给封了!还说和你有什么关系……那是你爸!

"而且你爸已经说了,如果能把这笔钱补上,他就和你妈离婚,去外地打工去。

"你妈不让我和你说,但是阳阳,你自己家里什么经济条件,你应该也很清楚。

"如果全让你妈负担的话,她得有多难?你也成年了,成年人该担起责任,不能这么自私。"

"那你呢?"他抬头问大姑。

"你们家的事,和我有什么关系!你自己看着办!爱管不管!"大姑瞪了他一眼,絮絮叨叨地走了。

谢泽阳收拾好书包来到市图书馆,发现沈冰清今天到得很早。

"新年礼物,提前给你的!"沈冰清把一个浅黄色的相机递给了他。

"谢谢。"他看着手里的相机,嘴角轻轻勾起,从书包里拿出了提前装进去的橘子糖。

"给你的礼物,新年快乐。"他说。

电影《清清》首场点映
THE FIRST SCREENING OF THE MOVIE 'QING QING'
地点：理工大学
座位：VIP席位第一排

"谢泽尔，我心后又全身着你炮了。"

"哇！"沈冰清笑了起来，"你去隔壁市给我买的吗？"

他点头。

"谢阳阳，你怎么这么好！"她搂着橘子糖很是激动。

"还有个礼物送给你，"他把手里的鞋盒递给她，"回去拆。"

"今天我本来心情不好的，但收到了你的礼物，我真的好开心。"她接过鞋盒说。

"怎么了？"他问。

"没事，昨天我和我爸吵架，他把我姥姥送给我的镯子摔坏了。"她闷闷道，"不知道修好得花多少钱。我最近因为报名艺考的事，一直在和他吵架，不想跟他要钱。"

谢泽阳陷入了沉默。

"沈冰清在吗？你的外卖！"外卖小哥在自习室门口喊了一声。

"我没订外卖啊。"沈冰清正纳闷，看到出现在外卖小哥面前的丁峻明，有些无奈地叹了口气。

丁峻明左手抱着篮球，右手拎着外卖袋从门外走进来："我才下单不久，没想到居然到得这么快。"

他把外卖袋放在她桌上："吃吧！"

"你突然给我订外卖干吗？"她问。

"怕你饿死。"

"为了参加个艺考，减肥都减疯了。"丁峻明叨咕着，从外套口袋里掏出一个镯子递给了她。

"你真修好了？"沈冰清惊讶地问他，"这么快？"

"找我爸一客户修的，小意思。"

"花了不少钱吧？"沈冰清说，"……等我有钱了，我马上还你。"

"你自己说的啊。"丁峻明轻嗤一声，故意道，"利息也别忘了还我。

还有，记得我收的利息超高，至少双倍。"

沈冰清白了他一眼。

丁峻明离开后，沈冰清爱惜地摸了摸镯子，把它装进了书包里。注意到谢泽阳一直低垂着头不吭声，她问："谢阳阳，你怎么了？"

"没事。"他说。

那天听完大姑的话，很长一段时间里，谢泽阳利用放学时间偷偷去做兼职，得到的收入却总归有限，距离填补债务的亏空相差太远。

或许是因为课后兼职占用了太多精力，或许是因为他自己本身就能力不足，又或许根本没有什么原因，连续几次小考大考中，他的成绩开始下滑，名次跌出了年级前十。

与此同时，各大名校自主招生和保送招生的相关消息在班级里持续发酵，搅得人心沸腾，他的状态也日益浮躁。

他和同学们一起在复习之余共享各种名校招考信息，填写自主招生表格，报名参加保送考试。

某天，谢泽阳被徐老师叫到了办公室谈话。

"保送考试的名额下来了，理工大的公费生，你的资格刚好具备。要试试吗？"徐老师问。

谢泽阳点点头："老师，我想试一试。"

"不再等等高考，挑战一下清北吗？"

"不等了。"他说。

"是不是遇到了什么困难？"徐老师忧心地问道。

谢泽阳摇了摇头。

"没有，老师。"他说，"您也看到了，我最近成绩波动挺大的。

"而且理工大也很好，我想试一下理工大。"

又是周末,一大早,谢泽阳就收到了一条微信消息:给你占了个风水宝地。

沈冰清发来的图片中,谢泽阳常坐的位置上放着他的参考书,和她的卡通橘子抱枕。

谢泽阳指尖停顿在屏幕上,发了条消息过去:早饭想吃什么?

沈冰清:糍粑油条。

谢泽阳:好。

沈冰清给他发来了一个"比心"的表情。

他拎着早饭上楼,看到沈冰清正站在楼梯间看书,手里抱着一杯巧克力圣代,拿着小勺子往嘴里送。

他把手里的油条递给她,抢走了她怀里的圣代。

"你干吗?"她急道。

"早上别空腹吃冰,胃会不舒服。"他说。

沈冰清心虚地瞟了他一眼,解释道:"这几天一直熬夜看书,早上太困了嘛,吃点冰的提提神。"

谢泽阳手指蜷了下,说:"吃完早饭你先去睡一会儿,睡醒了再看书。"

"不行!马上就要考试了,我不能睡!"

"你还记得吗?"沈冰清看向他的眼睛,"最初的梦想,绝对会到达。"

谢泽阳睫毛颤了颤,眼眶忽然有点发酸,微微偏头避开了她的视线。

沈冰清撕开包装袋,将油条拿了出来,趁他没注意,把油条放进圣代杯里蘸了一下。

"谢阳阳,我忽然发现,用油条蘸冰激凌的味道也不错!"

"像吉事果！你吃过吉事果吗？

"我上一次吃吉事果，还是有一回去北京玩，在南锣鼓巷吃的！

"如果过几天考试顺利的话，我们就有机会一起去北京啦！

"到时候我带你去南锣鼓巷玩！"她说。

谢泽阳眼底酸涩更重，嘴唇嗫嚅了一下，声音却哽住，不知该如何开口。

"你要不要尝一下？"她眨着眼睛问他。

他点点头，看见她兴冲冲地把手伸进装油条的纸袋里，拿出一根油条蘸了点儿冰激凌，递到了他面前。

他接过油条，咬了一口。

"好吃吗？"她迫不及待地问他。

"嗯。"他笑了，"好吃。"

"下周我考完试回来，你会来车站接我吗？"她接着问。

"嗯。"

少女绽放出明媚的笑容，突然把手里的油条纸袋塞给了他。

"谢阳阳！"她看着他，一字一顿地说，"我、要、开、始、'卷'、你、了！

"我去看书啦！争分夺秒！惜时如金！

"一定要把北影拿下！

"你接着吃！"

她说完，一边笑，一边小跑着回到了自习室的座位上。阳光顺着她的额发倾泻而下，将她周身的轮廓笼上淡淡的光晕。他凝望着她发着光的侧影，眼前浮现出一个他最近看过的词语——神明少女。

她是神明的少女，而他呢？

或许是那个最落魄不堪的信徒。

谢泽阳想起了许澄光出国那天的前一晚，江萌在小区的长椅上写给他看的话。

"你听说过潮汐规律吗？"

"浪花和月亮，一个在海上，一个在天上，它们看见了彼此，却注定无法共生。"

"我和他，不属于同一个世界。"

"是注定走不到一起的。"

"可我很开心认识他。"

"就像——即便浪花和月亮无法共生。"

"但浪花还是看见了月亮。"

"它也会一直，看着它的月亮。"

沈冰清，你知道吗？

其实我只不过是月亮牵引下的浪花罢了。

可你不一样。

你一定要高悬天上，去做那轮最皎洁明亮、最夺目耀眼的月亮。

保送理工大的事情很快尘埃落定。

隆冬时节，气温跌至零下。空气中寒意凝结，迎面没入口鼻，肆虐的寒风仿佛锋利冰刃，一下一下割在人的皮肤上。

谢泽阳在车站外等待参加艺考回来的沈冰清，思索着该如何把这件事告诉她，又忽然在想，该怎么向她解释自己做出这个决定的理由。

因为我家里没钱了。

因为我爸爸欠了很多债。

因为我胆小到不敢再去冒任何风险。

因为只要把这段最艰难的时期熬过去，我和我的妈妈就能从此解脱，过上平静安稳的日子。

可惜这些理由，他偏偏一个都不想让沈冰清知道。

因为她是他喜欢的女孩。

他只想给她展现自己最好的一面。

可他也会在心里问自己，谢泽阳，你究竟有什么好的一面可以展现给她？

你又究竟有什么资格去喜欢她？

你能给她什么？

他曾经告诉自己说，一无所有的全部也是全部，他永远会给她自己的全部。

可她凭什么要接受他一无所有的全部？

她应该遇到更好的人，也应该过上更加幸福自由的生活。

谢泽阳想着，看到沈冰清魂不守舍地从车站里走了出来，脸颊很红，嘴唇干涩发白。

"脸怎么这么红，发烧了？"他着急地问道。

"我听说，你保送理工大了。"她突然开口，"你明明——"她声音带着哽意，"你明明和我说了，要和我一起去北京……你说过你要考清华的。"

他愣在原地，半晌过后，轻轻开口说："对不起。

"以我现在的状态和能力，我未必考得上。我没有把握。"

"可你连试都没试！"她吼道。

"我改变主意了，我不想去北京了。"

"可我们已经约好了……"

他抬头看她："未来的事谁都说不准，你能保证你一定能考去北京吗？"

"你说得没错,我确实不能保证……但我在努力了,我真的有很努力……"她攥紧了双拳,话还没说完,眼泪就唰地流了下来,一滴接着一滴顺着脸颊淌落,全身无法抑制地剧烈颤抖。

她哭得嗓音嘶哑,缓缓蹲下去,双手捂住心口,表情痛苦地埋下了头。

"清清!"他慌忙上前去拉她的手臂,感受到一片灼热的温度。

她发烧了。

"我们先去医院。"他说。

他身前的人却用力一挣,甩开了他的手。

"谢泽阳,"她摇晃着站起身,泪眼模糊地望向他,声音里没有一丝情绪,"我以后不会再追着你跑了。"

她胡乱地抹了把眼泪,转身就走。

她走得很慢,步子轻飘飘的,像下一秒就要倒下。他隔着一段距离跟在她身后,离她不算近,却来得及在她跌倒时跑过去扶住她。

见沈冰清走进教室,谢泽阳匆匆跑去医务室买了退烧药、消炎药和退烧贴,再折回到十六班的教室门口。

他看到她趴在座位上,把头缩进了臂弯里。

丁峻明刚好打球回来,和谢泽阳迎面撞见,只当作不认识他,正要往里进,被他一把抓住了手臂。

"你要干吗?"丁峻明表情不善地抬眸。

"沈冰清发烧了。"他把手里的药袋递给丁峻明,"这是退烧药。"

丁峻明怔了怔,虽神色疑惑,但还是接过了药袋。

"别说是我给的。"他补充说。

"你什么意思?你和她……吵架了?"丁峻明问。

"没什么。"他苦涩地摇头,摸了摸外套口袋,掏出了一根橘子味的棒棒糖,递给了丁峻明,"还有这个。"

丁峻明不明所以地接过糖。

"谢了。"他疲惫地笑了笑,转身朝一班教室的方向走去。

傍晚放学时,谢泽阳看到沈冰清和丁峻明在学校门口分别。

"那我去找我爸了,你自己去输液真没问题?"

"没问题。"沈冰清说,"吴阿姨说她一会儿就来陪我。"

"对了,这个给你。"丁峻明别别扭扭地从口袋里拿了橘子糖出来。

沈冰清怔在原地:"你怎么有这个?"

"我……随便买的。"丁峻明问,"你不爱吃?"

"不爱吃。"沈冰清说。

"那算了,不要了。"丁峻明把糖揣回口袋,"记得认真看路,到医院了给我发个消息!"

"好,放心。"沈冰清答道。

谢泽阳一路跟着沈冰清来到医院,看到一个女人正在医院门口等她,和她一起走进了医院大门,他这才放心离开。

他刚转过身,就被一个略微熟悉的身影挡住了去路。

"班长,你还记得我吗?咱俩是小学同学。"没等谢泽阳反应,面前的男生紧接着说,"我还记得你晕血。"

对方继续说:"上次在职高门口,我看见你为了沈冰清打架,腿上全是血。"

谢泽阳抬起头,这才想起眼前的人是沈冰清家保姆的儿子,吴皓。

"聊聊?"吴皓对他说,"我有点事想问你,关于沈冰清的。"

谢泽阳和吴皓走进了附近的一家咖啡店。

"其实我从小就特别讨厌沈冰清。因为我觉得,是她抢走了我妈,所以总是想方设法地给她找麻烦。

"但她一直对我很好。

"我记得小时候,有一次,我去她家吃饭。当时有只特别大的龙虾,我见都没见过,就和我妈说我想吃。我妈不让我吃,说等回家以后再给我买。她听见之后,直接把那只龙虾夹进我碗里了。

"后来上了高中,有段时间我妈住院,我从医院里出来,直接去了网吧通宵,都忘了第二天自己过生日。结果我通宵完回到家,发现门把手上挂着个蛋糕,还有一盒龙虾,一看就知道是她给我订的。

"但我还是不愿意承认她对我好,总想惹她生气。有一次为了气她,我故意骗我妈给我俩买了情侣鞋,然后和我的几个哥们儿说,这双鞋是她送我的,因为她喜欢我。

"但我没想到会因为自己乱说,给她带来危险。

"那天她为了帮我,挨了混混一刀,我完全蒙了。你知道我当时什么感受吗?感觉大脑完全不受控制,像疯了一样。我从小到大都没有这么害怕过,那是我第一次清晰地感受到害怕。

"我害怕失去她。

"后来我想去教训他们,没想到居然被你抢了先。

"其实她小时候特别聪明,小学三四年级的时候,次次考第一,天天领小红花。而且她小时候还拍过广告,你不知道吧?特别可爱。

"不过后来,她爸妈离婚了。她妈是歌剧团的演员,和她爸离婚之后,她爸把她小时候得过的奖状都撕了,奖品也全砸了。

"那时候她站在凳子上跳舞,她爸直接扯走凳子,让她摔下来,还把她关在房间里,逼着她除了读书什么都不能做。

"可她那个性子也是犟的,她爸越想让她做什么,她就越不肯做什么。不读书，上课睡觉，下课打架，一开始她爸还会管她，后来有了艳遇，索性睁一只眼闭一只眼，过自己的快活日子去了，也放任她不管了。

"前段时间我才发现，她居然和你一起在图书馆上自习。

"不知道为什么，我忽然觉得，那个站在凳子上跳舞的沈冰清又回来了。

"不知道她的改变是不是和你有关，如果是的话，我想谢谢你。"

谢泽阳眼底滚烫，贴着咖啡杯壁的手指不受控制地收紧，指节凸起发白。

"我忽然觉得，自己是不是也该改变了。"吴皓笑了笑，"所以我把头发又染黑了，烟酒也都戒了。

"小时候她叫我弟弟，我总觉得烦，现在突然想当一个好弟弟了。

"其实我……一直喜欢她。"吴皓眼睫颤抖，"想和她谈恋爱的那种喜欢。"

他苦笑了一下："但我知道，我不配。"

谢泽阳一言不发，思绪陷入恍惚。

"班长，我特别想问你一件事。"吴皓突然抬眸看他，"你喜欢沈冰清吗？"

你喜欢沈冰清吗？

谢泽阳静默许久，在心底给出的，却是和吴皓同样的答案。

我喜欢她，很喜欢。

但我知道，我不配。

他喉结上下滚了滚，终究没能开口回答，听见吴皓的手机铃声响了起来。

吴皓接起电话，脸色渐沉，挂断电话，起身道："我妈说沈冰清高烧不退,烧到快四十度了,让我去看看。"

谢泽阳立刻起身,先于吴皓冲出了咖啡店。

谢泽阳和吴皓一起打车来到医院,找到了沈冰清所在的病房。

"刚刚体温降下来点了。"吴阿姨说,"医生说没什么大事儿了。"

"吓死我了,没事就好……"吴皓说。

"这个是你同学?"吴阿姨问吴皓。

"沈冰清的同学。"吴皓答道。

谢泽阳跟吴阿姨打了个招呼。

"你好。"吴阿姨冲他点了点头。

"你们俩先坐。"吴阿姨说,"我去给她接盆水,拿凉毛巾敷一下额头。"

"我和你一起去!"吴皓说,转头对谢泽阳说,"班长,你在这儿坐会儿。"

谢泽阳站在病床前,默默注视着沈冰清的睡颜。

大抵是烧得难受,她脸颊红扑扑的,眉心紧皱着,身体蜷缩在被子里,露在外面的肩膀抖了抖。

他将被子向上拉,给她盖严实了些,一抬眼,看见有眼泪从她的眼角滑落。

他一怔,心中酸涩翻涌,抬手帮她揩去泪痕,指尖微微发颤。

她的眼泪是烫的,和她眼角的皮肤一样烫,灼热的温度穿透他的指尖,一路蔓延到他的心脏。

"清清,对不起。"

千言万语哽在喉中,他最终能够说出口的,却还是只有一句苍白无力的"对不起"。

他闭了闭眼，嗓音低沉嘶哑。

病房门被推开，吴阿姨端着水盆走了进来，随之而来的，还有吴皓和喘着粗气赶到的丁峻明。

丁峻明看了眼熟睡的沈冰清，偏头对谢泽阳说："你跟我出来一下。"

他跟在丁峻明身后走出了病房，丁峻明突然转身，挥手给了他一拳。

嘴角有鲜血渗出来，他屈指抹了一下，看到了手指上的一抹殷红。

呼吸一阵急促，他单手扶住走廊的椅子，微微弓身，极力克制住眼前的眩晕。

他没有还手，也没有说话。

"没事吧！"吴皓赶过来问他，又回头问丁峻明，"出什么事了？你打他干吗？"

丁峻明没有回答，只是走到谢泽阳面前，眼神冰冷地说："谢泽阳。

"我不知道你喜不喜欢她。

"但我想告诉你，你不配喜欢她。"

高三下学期，谢泽阳没有再去学校。

他瞒着妈妈打了好几份工，骗妈妈说是各种竞赛获得的奖金，终于尽自己最大的努力还清了欠款。

妈妈也终于拿到了一纸离婚协议，他们搬家去了一个新的小区，开始了新的生活。

暑假里，谢泽阳收到了理工大学的录取通知书，也从程勇的口中得知，沈冰清被好几所艺术院校录取了。分数距北影的录取线差了一点，她最终决定去广州的Z大。

出发去学校那天,在火车站外,他碰见了几个同班的男生,大家正聚在一起聊着每个人的毕业去向。

"夏亮宇真去北京学表演了?"

"嗯,他坐车刚走,跟江萌同一辆车,江萌不也去北京吗?"

"唉,我还以为沈冰清能去北影。"

"你没看她高考前的那个劲儿,不知道的还以为咱阳哥附身了呢!从早学到晚,课间都不带停一下笔的……哎,阳哥!快过来!"正在说话的男生朝他挥手,"我们刚聊到你,你也坐火车走吗?还是坐客车啊?"

"都不坐,我去高铁站。"他说。

"去高铁站……"男生挠头,嘿嘿一笑问,"你不会是特地来送我们的吧?"

他浅浅地"嗯"了一声,目光投到了路边停着的一辆客车上。客车的车窗前摆放着一个提示牌"火车站直达机场"。

男生们顺着谢泽阳的视线望过去,有人突然开口问:"沈冰清是不是在那辆车上?"

"离发车时间不还早着呢,她那么早上车干吗?"

"赶紧把喊她下来!"

"等她到了广州,估计跟咱们半年都见不上一面了。临走都不和咱们多待一会儿,咋这么狠心呢!"

另一个男生走过来说:"我刚去喊了,她说她不下来。"

"唉。"男生叹了口气,扭头注意到客车已经开动,惊讶地问道,"今天提前发车吗?难怪她不下来。"

"行,时间差不多了,咱们也进站吧。"几个男生说着,问谢泽阳,

"阳哥,你不是要去高铁站吗?咋去啊?"

"我骑车去。"他说,"先走了。"

高铁站和机场在同一方向,开往机场的客车行驶在他的前方,他扫了辆共享电动车骑上,突然加快了车速,开始追赶这辆车。

如果他能追上这辆车。

他在心底告诉自己,谢泽阳,如果你能追上这辆车。

那就去向她表白吧。

放下自尊和自卑,放下顾虑和胆怯,去大声地告诉她自己一直没能对她说的那些话。

沈冰清,我喜欢你。

我一直都很喜欢你。

他不知道为什么自己这么笃定"追车"这种离谱的电影桥段会不可思议地发生在他这样的人身上,他觉得自己一定是疯了。

可惜他拼命地追,最终却还是没能追上这辆车。

"老谢,马上发车了,你到了没啊?"程勇和谢泽阳约好在高铁站见面,发来语音问他。

他在高铁站门口停下车,语音回复程勇道:"马上。"

"沈冰清居然这么快就到机场了。"程勇给谢泽阳看手机屏幕上沈冰清刚发的朋友圈,"说一路绿灯。你俩也挺搞笑,一起从火车站出发的,结果她一路绿灯,你一路红灯。"

谢泽阳打开手机,点开了沈冰清的朋友圈,发现她的头像下方是一条横线,朋友圈页面空白一片。

她应该是把他屏蔽了,或者已经把他删了。

他嘴角抿了抿,眼里漫上湿热。

就这样吧。

其实这样也挺好的。
如果屏蔽他或者删了他，能让她开心一点的话。
他想。

第二十三章　/ 想念

"希望你可以遇到一个你很喜欢的人。
我的愿望是，我希望沈冰清所有的愿望都可以实现。"
　　　　　　　　——谢泽阳的日记

来到理工大学后，谢泽阳每天宿舍、食堂、图书馆三点一线，剩余时间则全部泡在学生会的办公室里。

程勇喜欢在微博冲浪，看到什么搞笑视频都会艾特他。偶尔，程勇也会艾特沈冰清，于是他就这样找到了沈冰清的微博。

九月一日：吃到了第一顿早茶！[比耶]

九月十日：讨厌军训。[炸毛]

九月二十日：苍天啊！我到底为什么要选周六早八的公选课？？？

沈冰清把微博当朋友圈发，谢泽阳随身带着手机，仿佛只要一有空，便会点开她的头像看一眼她有没有发微博。

单调乏味的生活里唯一一抹亮色，藏在这个小小的头像里。

一个月的时间就这样在平静与忙碌中悄然过去。十一假期他没回家，本想着出去兼职，却在假期第一天接到了小姨的电话。

听说小姨同事亲戚的女儿在L市工作，同事对小姨颇为照顾，最近这个女孩刚来外地工作，小姨想让他请女孩吃一顿饭，陪女孩聊聊天。

"就是见个面，一起吃顿饭。你小姨热心，想让你们互相认识一下，在外地能多个朋友。你就去见见吧。"妈妈打来电话说。

他只好答应，加了女孩的微信，和她约在学校附近的商场见面。

"咱们吃什么？"女孩问谢泽阳。

"都行，你定吧。"他说。

"我定啊……你有忌口的吗？"她接着问。

"我不太能吃辣。"他答道。

"哦……那我们吃这家吧！"她指着前面的一家菜馆说，"这家湘菜我吃过，我觉得不太辣。"

"……好。"他和女孩走进湘菜馆。

"你是本市本地人吗？"菜馆的座位上，女孩开口问他。

"不是，我老家是F县的。"

"F县……没太听说过。"

"在省内，Y市的一个县。"

"哦哦。"见服务员迟迟没来，女孩起身招了招手，"服务员！点餐！要一份小炒肉、干锅千页豆腐、剁椒鱼头，另加两碗米饭。"

她显然对这家店的招牌菜十分熟悉，菜名脱口而出，很快点好了餐。

"你有没有要加的菜？"她问。

"一碗笋片吧。"他在菜单上标注不辣的菜品中选了一个。

等餐过程中，女孩再次开口问他："你毕业有什么打算？准备读研吗？"

"嗯。"

"去哪儿读？还在理工大吗？"

"想去北京。"

"那你高考怎么不直接报北京的学校？"

"保送的。"

"哦哦。就是你没参加高考，是这个意思吧？"

"嗯。"

菜很快上齐，女孩简单吃了几口，端起茶杯喝了口水。

"菜有点辣。"她转过头问，"服务员，你们这儿有没有什么有甜的东西？能解辣的！"

"这是我们店赠送的糖。"服务员拿来了一根橘子味的棒棒糖。

这糖……刚好是沈冰清最喜欢吃的那种。

谢泽阳神色恍惚，盯着糖看了许久，抬头问服务员道："这个糖，还有吗？"

"有的，不过没有这个口味的了。您需要吗？"服务员问。

"不用了。"他说。

女孩伸手去拆糖纸，扯了两下没能拆开，直接把糖扔到了餐桌侧面的空纸篓里。

"什么破玩意。"她撇嘴道，"算了，服务员！给我加瓶饮料！"

两人又吃了一会儿，女孩拿出手机发了条消息，抬头说："我朋友约我在这个商场逛街，我先走了。"

"你慢慢吃。"她拎起手提包，起身便走。

谢泽阳起身打算去吧台结账，目光晃过纸篓里躺着的一根橘子味的棒棒糖，他眼睫一颤，将它捡了起来。

"哎？我手链是不是落在这儿了。"女孩忽然折返回来，一边念叨着，一边将目光落到他手里的橘子糖上。

"这个吗？"他指着桌上的一条银色手链问。

"对对！你别动，我自己拿！"女孩说。

女孩离开后，谢泽阳结账走出了菜馆。快走到自动扶梯时，他看见女孩和她的朋友从前面的服饰店里挽着胳膊走了出来。

"你不知道我今天见的那个男的有多离谱。"女孩跟朋友抱怨，"点菜的时候他就点了一碗笋，然后走的时候，把我扔在垃圾桶里的糖给捡起来拿走了。

"就是饭店随便赠的一根棒棒糖。

"他长得是还不错，但光有一张脸有什么用啊？而且他对人还爱搭不理的，我问一句他答一句，真不知道有什么好牛的。"

他踏上自动扶梯下了楼，独自走在回学校的路上，手里捏紧了那根棒棒糖。

这家店的菜其实真的很好吃，听说是连锁店，不知道广州会不会有。

沈清清，L市也有你喜欢吃的橘子糖了。

什么时候来L市玩？

等你来了，我给你买橘子糖吃，带你去吃理工大附近的美食。等到了晚上，我们就一起去看海，一起躺在沙滩上看星星。

毕业之后，我们一起去北京读研。以后我们再也不分开了，好不好？

谢泽阳垂眸凝视着手里的橘子糖，勾起嘴角笑了笑。

只敢在心里说这些话算什么本事。

胆小鬼。

晚上回到宿舍，谢泽阳点开微博，注意到沈冰清刚刚发了一条新动态，配图是她和江萌在北影校门口的合照。

配文是：和萌萌来打卡啦！等我四年，我一定会再回来的！

年级群弹出一条QQ消息，是辅导员发的本专业保研条件的文件。

他思绪顿了顿，点开消息。

根据开学时学长学姐们的介绍，专业里保送清华的名额每年只有一个。这也就意味着，在高手如云的物理学院，他必须连续四年专业成绩第一,综测分数最高,每年都拿到国奖。

这是他最高的目标。

也是他唯一的目标。

既然她四年后也要去北京,那他正好可以和她一起。

能不能再给他四年的时间。

等他变得足够强大,能够重新创造出一个世界。

他想融入她的世界。

他……很想她。

校园里每个起风的午夜,谢泽阳背着电脑和专业课本从图书馆走回宿舍,寒来暑往,他的耳机里总是循环着同一首歌。

《最初的梦想》。

最初的梦想,绝对会到达。

日复一日三点一线的生活,伴随着时光的流逝走近了尾声。

期末考试前夕,他连续熬了一个月的大夜,学院元旦晚会当晚,他照例打算去图书馆自习,被室友们制止。

"今晚别学了,咱哥几个在宿舍撸点儿串,喝点儿小酒,然后去看咱们院的跨年晚会啊。"室友杨欢说道。

"对啊阳哥,我还有节目呢!帮我去录个视频呗。"另一个室友康泰说。

"好。"他答应下来。

谢泽阳酒量不太行,只喝了几口,头便有些晕。他一路迷迷糊糊被杨欢拉到了晚会现场,康泰压轴出场,前排的位置没有了,他只能暂时坐在后排。前面的节目中规中矩,他眼皮发沉,整个人昏昏欲睡。

忽然,一段熟悉的音乐伴奏声在舞台上响起,是一首歌的前奏旋律。

《最初的梦想》。

"如果骄傲没被现实大海冷冷拍下。"

台上的女孩穿着一条黄色碎花裙，扎着丸子头，嗓音甜美，正握着话筒唱歌。

他瞬间醒神，揉了揉眼睛，猛地起身，穿过密集拥挤的人群，一边不停说着抱歉，一边跌跌撞撞走到了观众席第一排。

"她是我们学校的吗？我们院的？"

"不是，是隔壁师大中文系一个来助演的妹妹。她也是大一新生，不过年纪好像比咱们小，以前跳过级。"

"妹妹好漂亮啊。"

"听说是个南方妹妹，我也觉得她特别可爱。"

观众席上不断有议论声传来。

谢泽阳站在台下离舞台最近的地方，怔怔望着眼前的女孩。舞台上举着话筒唱歌的女孩，发型像沈冰清，长相像她，嗓音也像她。

可这个女孩不是她。

"阳哥？阳哥？"

"不是说有了座位就喊你吗？你咋先过来了？"

康泰在旁边问他，他却依旧目不转睛地盯着台上的女孩，没听到康泰的话。

"估计是喝多了。"杨欢无奈道，"唉，我阳哥这酒量堪忧啊。"

"视频我给你录吧。"杨欢从旁边拉了张塑料凳让谢泽阳坐下，对准备上台的康泰说道。

"看我录的视频，高清完美！我发咱宿舍群里了啊！"晚会结束后，杨欢在回宿舍的路上划动着手机屏幕说。

"我还把那个漂亮妹妹唱歌的视频给要来了。"杨欢说，"妹妹是不是长得特好看,唱歌也好听?听说还是单身!

"你俩需不需要她微信?刚才和她说话的人有点多,现在估计能少点儿了。需要的话哥们儿可以帮你们去要一个。"

"我?我一个有对象的人,我需要啥啊我?"康泰急道。

杨欢突然贼笑说:"哎!哎!我觉得阳哥需要!"

"我也觉得阳哥需要!"

"阳哥!哥们儿现在去帮你要个微信咋样?不对!你和我一起去!要啥微信啊,就咱们阳哥这条件,绝对见了面就能聊上!"

谢泽阳摆手:"别,不用了。"

"真不用啊,哥们儿?她不是你理想型?"杨欢好奇地问,"我真挺纳闷的,你到底喜欢啥样的啊?能不能和我们描述描述。描述不出来就得跟我去!脱单大事可不能耽误!"

"对啊阳哥,你到底喜欢啥样的啊?"康泰跟着问道。

"我喜欢——"谢泽阳认真思索片刻,缓缓开了口,"活泼可爱的。很漂亮,喜欢笑,大眼睛,丸子头。"

"这不就是刚刚那个妹——"

杨欢刚开了头,就听见他紧接着说:"语文不好的。"

杨欢和康泰同时一愣。

"和咱们同龄的。"

"老家是东北的。"

谢泽阳嘴角扯出心酸的笑,抬眼间注意到两个室友都愣住了。

"阳哥,你说的是……你初恋吗?"

"还是……你前女友?分了?"

大概是酒精作用,他鬼使神差地抬头问:"从很小的时候就开始喜欢,喜欢了很久的人,算初恋吗?"

"算！当然算啊！"

"我不太明白啊哥。既然你这么喜欢，为啥要分啊？你提的还是她提的？"

"我。"

"为啥啊？"

"因为我觉得，我配不上她。"他眸光黯下去，低低呢喃。

深夜里，谢泽阳躺在床上，只觉得酒劲儿还没消，辗转反侧睡不着。他索性点亮台灯靠在床头，摸出手机，下意识点开了宿舍群聊。

最后一条消息，是杨欢发送的元旦晚会节目视频。

他插上耳机，将视频轻轻点开，仔细去观察视频中女孩的模样，认真去听她的声音。

大眼睛，丸子头，但个子好像有点高。沈冰清没有这么高。

她的嗓音很甜美，唱歌时尾音和沈冰清一模一样，总习惯往上翘。但沈冰清在唱到"最初的梦想"的"想"字时不会翘。

她读中文系，语文应该挺好的。

可他好像天生就喜欢语文不好的。想到这儿，他不禁有点想笑，语文不好，算是优点？

他笑着，忽然又觉得鼻酸。

他当然知道语文不好不是优点。

只不过是因为沈冰清语文不好罢了。

只要是沈冰清身上拥有的，他都觉得刚刚好。她没有任何地方不好，凡是她身上拥有的，都是他最喜欢的。

他关掉了视频，又一次动作熟练地点开了沈冰清的朋友圈，又一次看到了那条熟悉的横线。

然后,他退出了她的朋友圈,点开了和她的聊天对话框。

他看了眼屏幕顶端显示的时间,凌晨两点半。

指尖停在输入框内,他盯着手机时间费力地醒了会儿神,从聊天界面里退了出来,按熄了手机屏幕。

谢泽阳下床准备去水房洗把脸,手机一响,许澄光发了条消息过来:老谢,睡了没?

谢泽阳走到走廊,直接拨了语音通话打了过去。

"你居然还没睡?"对面的许澄光惊讶地问。

"嗯。"他嗓音沙哑,"怎么了?"

"我回国了。"

"这么突然?"谢泽阳问。

许澄光:"我可能是……疯了吧。我想江萌了,很想很想。但她不肯联系我,我没办法。

"我以前从来没喜欢过一个人,这是我第一次意识到我喜欢一个人。

"我知道她喜欢夏亮宇,但我还是想见她,我想告诉她我喜欢她……"

"她不喜欢夏亮宇。"谢泽阳说。

电话对面陷入了沉默,半晌后,才传来一句:"什么?"

谢泽阳重复了一遍:"她不喜欢夏亮宇。"

"你……你怎么知道?"

谢泽阳没回答许澄光的问题,而是对他说:"去见她吧。"

谢泽阳垂下眼,笑了笑说:"我猜,她一定也很想见你。"

"好……"许澄光说。

谢泽阳挂断电话,站在走廊的窗台前,去看昏暗路灯下孤寂摇曳的枯枝,想起了自己刚刚对许澄光说的那句话。

去见她吧。

既然还是不甘心,既然还是这么想念,那就去见她吧,谢泽阳。

今天就是新年,元旦放假三天,他刚好可以飞一趟广州。

他点开购票软件,买了一张早上飞往广州的机票。紧接着,他回到宿舍收拾好行李,天没亮便拖着行李箱走出了宿舍楼,打车去了机场。

刚出机场,谢泽阳就看见了沈冰清发的一条微博。

配图是一家奶茶店的一角,桌子上摆放着一杯仙草奶绿和一块黑森林蛋糕,桌子的侧面有一面贴满了粉红色便利贴的许愿墙。

配文是:出发![飞机]

评论区里有人问:去哪儿了?姐妹。

她回复道:去拍我的电影处女作!

网友祝福:哇!可以啊!一切顺利!

评论里又有人问:我想知道这是哪家奶茶店?这么少女心!还有许愿墙?

她回复道:"遇见"。

网友问:广州也有"遇见"?

她回复:应该只是重名,不过这儿的黑森林蛋糕也超级好吃!

谢泽阳根据手机导航的提示,乘地铁来到了这家"遇见"奶茶店,坐在了照片中沈冰清坐过的位置上,点了一杯仙草奶绿和一块黑森林蛋糕。

这时,店员说:"顾客,我们家今天有福利活动,您抽个奖吧。"

谢泽阳点头抽了。

店员惊喜道:"恭喜顾客!您抽到一张为期半年的增值礼包优惠券,每次购买店内饮品都会有免费加赠的甜品一个。您留一下姓名,这张优惠券我们可以替您保管,以后直接给您优惠。"

他出声喃喃:"沈冰清。"

"好的,顾客。"

等餐的过程中,他侧头去看一旁的许愿墙,在其中一张便利贴上认出了沈冰清的字迹。便利贴上写着:好想在大学里遇到一个很喜欢的人,谈一场甜甜的恋爱啊!

他怔怔看着这行字,下意识地失了神。

"顾客,请慢用。"店员端着餐盘走过来,将奶茶和蛋糕放在谢泽阳的桌上。注意到他正在凝神打量许愿墙,店员连忙拉开了餐桌外侧的抽屉,拿出一张便利贴和一支笔递给了他。

"您可以在便利贴上写下自己的心愿,然后把它贴在许愿墙上。"店员说。

"好,谢谢。"他回应道。

他垂下眸,握笔在便利贴上写下了一行字:希望你遇不到你喜欢的人。

笔尖停滞片刻,他将这句话画掉,重新写下了两句话:

希望你可以遇到一个你很喜欢的人。

我的愿望是,我希望沈冰清所有的愿望都可以实现。

"阳哥,你啥时候回来啊?咱们院前几天发的那个大创项目开始报名了,有综测加分的那个!你不是说有兴趣吗?"杨欢给谢泽阳发来语音消息。

他点开聊天框回复后,买了第二天回 L 市的机票。

第二十四章 / 错过

"沈清清,这次我跟着你走了很久很久的路。"
"但我好像只能跟你到这里了。"
"你不让我再往前走了。"

——谢泽阳的日记

寒假开始不久便是除夕,谢泽阳和妈妈利用小年前后的时间给家里进行了扫除。夜里,他正在书桌前看书,妈妈端了杯牛奶走进来,坐在了他旁边的床上。

"把牛奶喝了,休息一会儿,和妈妈聊聊天。"谢妈妈把牛奶递给他说。

他放下笔,端起玻璃杯,抿了一口牛奶。

"儿子,有个事儿妈一直挺好奇的,忽然想问问你。你以前……有过喜欢的姑娘吗?"谢妈妈突然开口问。

他一愣,呛了口牛奶,回答道:"没有。"

"慢点喝。"谢妈妈说,"没有啊。那你觉得,清清这姑娘怎么样?"

他动作一僵,抬眼看向妈妈。

"从小到大,你可只跟我提过她这么一个姑娘,我也只见过她。我觉得她特别好,我特别喜欢她。"

谢泽阳垂头无言,心里有说不出的滋味。

"她处男朋友了吗?你知道吗?"谢妈妈问。

他说:"不知道,应该……还没有。"

"那你问问她？你俩有没有微信？你发个消息联系一下她？"

"我问人家这个干吗？"谢泽阳皱眉，"我没她微信，而且……之前我俩闹了点矛盾，她应该已经把我给删了。"

"那你再加回来呗！主动点儿，就说挺久没见了，问问她现在过得怎么样。"

谢泽阳看了眼放在桌上的手机，久久没有动作。

"把手机给我！我帮你加！"谢妈妈伸手去拿他的手机。

"妈！"谢泽阳无奈地喊道。

"傻孩子。"谢妈妈笑了，摸了下他的头，"妈看见你往那个礼盒里放的东西了。

"既然喜欢，就得主动去争取。感情这个东西，等是等不来的，知道吗？

"把误会说开了，把心意表达出来。先把这些做到了，再把选择权交给对方，这样才能不留遗憾。

"妈妈就说这么多，接下来要怎么做，由你自己决定。"

谢妈妈起身离开，走了几步，转过头对他说："反正我就是喜欢清清。

"最喜欢清清。

"只喜欢清清。"

谢泽阳笑了："好——我知道了。"他心中酸涩甜蜜交织，将书架上的橙色礼盒取下来打开。

他拿起玻璃相框，轻轻摩挲画纸上的每一处笔迹，目光越发温柔，在心里藏下了一句刚刚没有对妈妈说的话。

跟您一样，我也很喜欢清清。

最喜欢清清。

只喜欢清清。

大一下学期，专注于课业和学生工作之余，谢泽阳作为队长，开始没日没夜地带领团队准备寒假前报名的大学生创新就业大赛。他和队友们一起熬了好几个通宵，他们的项目终于成功挺进了决赛。

决赛的地点在Z大。

Z大。

"阳哥，你这身体……飞广州能挺得住吗？"

出发前，谢泽阳正在宿舍收拾行李，杨欢看着刚吃完退烧药的他，一脸担忧地问道。

"没事。"他笑笑，"吃了药了。"

"要不你别去了？我们几个上，你放心吧，肯定没问题！"

"我想去。"他说。

一整个寒假的时间里，他早就在心里做好了决定。他想借着这个机会去Z大找沈冰清，亲口告诉她，他喜欢她。

你知道吗，沈冰清？

有时候我也想不通，自己究竟是从什么时候开始喜欢你的。

或许是在初一体检抽血那次，你捂住我的眼睛对我说别怕的时候。

又或许是在更早之前，当你像个女侠一样去保护江萌的时候，我就已经开始注意到你了。

你总说你笨，说你不喜欢学习，动不动就提单艺迪。

但在我心里，你一直都是一个特别好的女孩。

你特别好。

没有人会比你更好。

你很单纯，也很善良，一颗热忱赤诚的心脏纯净剔透得像水晶，我时常自卑,所以才总是会说出一些违心的话,一遇到困难就胆怯退缩。

但这一次,我想要变勇敢了。

我喜欢你,沈冰清。

你听得到吗?

谢泽阳把从家里带来的橙色礼盒装进了行李箱,等他见到了她,他想把那颗曾经被他藏起来的橘子糖送给她。

他想告诉她,其实他从很早之前就开始喜欢她了。

这么多年来,他从来没有喜欢过别人。

他喜欢她,一直都只喜欢她。

下了飞机,他们打车来到Z大附近的酒店。上车前,谢泽阳感觉体温又升了上来,空腹吃了片退烧药。

他一整天没怎么吃东西,加上有点晕机,到酒店后,他胃里翻江倒海,却什么都吐不出来,只好找了两粒胃药吃了压了压。

夜里,杨欢提议去Z大转转,谢泽阳和一个被大家戏称唐僧的队友以及杨欢同行,三人一起走进了Z大的校园。

"阳哥!咱们好像误入了一片小树林!"学校花坛的几条长椅上,一对对校园情侣正依偎在一起,被开着手机手电筒的队友晃了个正着。

"抱歉抱歉!"队友连忙关掉手电筒,低声默念,"打扰打扰,罪过罪过。"

"这傻孩子。"杨欢被逗乐了,钩住队友的肩膀安抚地拍了拍。

他们穿过花坛,在几家已经关门的商铺外找了块空地。附近人群熙攘,月光透过梧桐叶的缝隙倾洒而下,甬路上光影斑驳。

杨欢停下脚步说:"咱们在这儿待会儿吧,这儿人少,还凉快。"

"好嘞!"队友欣然答应,忽然眼睛一瞪,指着前面女生宿舍楼下的一对人影震惊道,"现在大学生谈恋爱都到……这个程度了吗?"

谢泽阳视线无意间掠过去,呼吸在一瞬间滞住。

他曾经无数次设想过,如果自己再一次见到沈冰清,能不能一眼就认出她。

他会凭借什么认出她呢?

是随时有可能变化的发型、穿着打扮,同样有可能变化的身高、身形,还是……透过那一双早已烙印在他心上的,永远水润清澈、乌黑明亮的眼睛。

这一刻,他恍然发现,原来当你一直没能忘记一个人。

那么你最先认出的,会是她的眼睛。

路灯下,他看见她正弯着一双含笑的眼睛,被一个男孩紧紧抱在身前。

他们在路灯下拥抱。

然后,他看见她踮起脚,红着脸亲了一下那个男孩。

他们在路灯下亲吻。

"啥程度?你说抱抱和亲亲啊?"杨欢笑了,拍了拍他的肩,"弟弟,不是我说你哈,你真得找机会谈个恋爱了。

"谈恋爱如果不拥抱、不接吻的话,那和普通同学还有任何区别吗?!没有区别!是不是?!

"想想咱以前读高中的时候,你敢抱抱吗?不敢吧?敢亲亲吗?不敢!对不对?

"所以说啊,在上大学之前,两人之间的那种说说话,牵牵手,根本算不上谈恋爱!

"大学里的恋爱,才是真正的恋爱。谈恋爱不就是要亲亲、抱抱、举高高吗?!

"你说我说得没错吧？阳哥！"

杨欢话刚说完，转头看到谢泽阳的神色，瞬间大惊："阳哥！没事吧？"

杨欢慌忙转头问队友："带纸了吗？"

"带……带了！"队友也吓了一跳，手忙脚乱地从口袋里翻出纸巾递给他。

谢泽阳单手撑着树，猛烈地咳个不停，喉咙撕裂着疼痛，口腔里血腥味充溢，大口的鲜血被他吐了出来。

"这么多血！"

"快擦擦！"

冷汗渗透全身，他头晕目眩，呼吸急促，只好闭上眼用一直以来的办法来缓解此刻的情绪。

眼前是花园和城堡……城堡里住着一个公主……

全世界最漂亮的小公主……

她的名字……

他没有办法再继续想下去，一贯对他的晕血症最有用的方法，这一次失了效。

喉咙很疼，胸口更是烈焰灼烧般地疼，他胸膛起伏，视线模糊不清，一时分不清是咳出了眼泪，还是自己真的流泪了。

泪水混着汗水，一滴接着一滴地顺着脸颊不断滚落。

沈冰清谈恋爱了。

他认识这个男生，男生名叫肖逸宁，上学期自己还和对方一起打过辩论。

肖逸宁家境很好，能力强，人也不错。

仅仅接触过一次，他就觉得肖逸宁这个人很不错。

只是,他从来没有想到,原来肖逸宁在和沈冰清谈恋爱。

沈冰清终于在大学里遇到了一个她喜欢的人。

这个人是个很好的人。

这个人也喜欢她。

多好。

她在奶茶店里许下的愿望实现了,他应该为她感到开心。

可他也不知道为什么自己的心脏会这么疼,他们拥抱亲吻的画面在他的眼前不受控制地一次次闪现。每闪现一次,他心脏的疼痛便会加重一分。

"校医院开没开门?"杨欢皱紧眉心,"情况这么严重,肯定得看医生。"

"不知道啊,我去找个同学问问?"队友扫视了一圈四周,目光捕捉到女生宿舍楼下的人影。

队友刚要走过去,却被谢泽阳拉住了衣角。

"我没事……"他头垂得很低,扶着树勉强站稳,动了动嘴唇说,"我缓缓就好。"

"你别去。"他说完,缓缓闭上眼,眼睫再次沾上了湿润。

杨欢和队友送谢泽阳回到酒店休息,第二天早上又陪他去了医院。

挂了几天水,谢泽阳的身体状况终于逐渐好转。

竞赛结束这天,Z大的几个同学请他们吃了顿饭,肖逸宁也在其中。

"他女朋友是我们学校音乐表演系的,特别漂亮,而且还是你们东北老乡!"饭桌上,Z大的一个男生说道。

"哎哎,阳哥,你快看!"队友碰了碰谢泽阳,指着正拿着手机发消息的肖逸宁说,"快看他一脸宠溺的表情。"

"眼珠子快掉手机里了！"杨欢开玩笑道。

谢泽阳喉咙肿痛发紧，没有接队友的话。他发现自己夹菜的手臂忽然变得很沉，半晌都抬不起来，只好将筷子放下，仰头喝了口酒。

肖逸宁的手机铃声突然响起，包厢里嘈杂喧嚷，他接通电话，按下了免提键。

"宝宝晚上好呀！"对面传来一道熟悉的女声。

那样熟悉。

谢泽阳垂下眼睑，捏起酒杯又喝了一口。

"我已经把阿姨送回家啦，放心吧！噢，和你说个事儿，阿姨今天点了一大桌子我爱吃的菜，而且又塞红包给我了。我真的不能要了，你帮我还给她吧！"

"以我妈的性子，估计还不回去。"肖逸宁说，"没事儿，你收着吧。"

"那你吃完早点回来，陪我去商场给阿姨选几件衣服！或者我去酒店找你？你等我消息吧！"

肖逸宁笑着说："好，遵命。都听你的。"

"哥！酒！酒！酒洒了！"杨欢在谢泽阳旁边急声吼道。

谢泽阳回神，这才注意到自己倒酒的动作一直没停，连忙抽了张纸巾擦了下溢出的酒液。

肖逸宁："对了，你猜我在和谁吃饭……是上学期辩论赛，熬夜帮我改稿的那个兄弟。"

"哇！"沈冰清说，"你把手机给他！我想和他道个谢！"

肖逸宁："哥们儿，我对象说，她想和你道个谢。"

谢泽阳正在闷头喝酒，闻言动作倏地一顿，心跳瞬间漏了一拍。

他急忙摆手，慌乱指了下喉咙示意自己不舒服，匆匆别开脸逃过递到他面前的手机。在扭头的瞬间，他猛地被呛了一下，鼻腔里传来剧烈的酸楚,他被呛得眼底红透,拼命咳了起来,咳出了眼泪。

"哎呀!"杨欢连忙抢过他手里的酒杯,"疯了吗你!咳嗽还没好呢!喝这么多!"

"他有点不舒服,嗓子疼,不太方便和你说话。"肖逸宁说。

"这样啊,没事。"沈冰清理解。

"那希望你可以快点好起来!"沈冰清的声音传过来,"等你恢复好了,宁宁和我一起请你吃个饭!"

"我对象一直这样,特别热情。"肖逸宁朝谢泽阳笑了笑,"不过到时候肯定是要请你吃饭的,等你病好了。"

谢泽阳点点头,迅速起身走出了包厢,来到洗手间里,他单手撑着墙壁,再一次无法抑制地咳得停不下来。

他脸色苍白,泪眼模糊,被冷汗浸湿的碎发贴在额角,胸口处翻涌的疼痛如同火山爆发一般,将他的一颗心脏快要灼烧成碎片。

忽然,一阵脚步声传来,伴随着熟悉的橘子味洗衣液味道。

脚步声越来越近,他的心跳也越来越重。

他靠在洗手间的墙壁上,攥紧了渗满汗水的手掌,一颗心悬在了半空中。指尖在掌心里越嵌越深,他双唇紧抿,屏住呼吸准备迈出一步。

他来不及思考,见到她的一瞬间,他的眼神是该和她对视,还是该躲闪。

他只是知道,他很想念她。

他很想要和她再见上一面,哪怕只是老同学之间的生硬寒暄,甚至哪怕连尴尬客套的寒暄都没有,仅仅是像陌生人一样无言地擦肩。

他都还是好想和她再见上一面。

虽然他心里清楚,他和她,也就只能是再见上一面而已。

"宁宁?"

"宁宁！

"肖逸宁！"

沈冰清的声音骤然响起，谢泽阳定在原地，脚步堪堪顿住。

她娇声说："我在你身后喊了好几声了。"

"没听到，刚收到你发的消息，就跑去门口接你了。"肖逸宁向她走过来。

"你知道我最不喜欢追着别人跑了。"她小声咕哝。

"嗯，我知道。"肖逸宁看着她，神情里满是温柔，"我说过的，永远不会让你追着我跑。"

"拉链又不拉紧，不冷啊？"肖逸宁眉眼含笑，伸手把她外套上的拉链拉到了顶端。

谢泽阳身体颤抖，双拳紧握，眼睛渐渐发红。

听到沈冰清久违的声音，他的心脏狠狠一颤。

曾经他以为时间可以帮助人遗忘，他也自以为自己已经对过去遗忘了不少。

可人的声音不会改变。

他转过身，在他们身后默默望着他们。

看肖逸宁摘下她肩上的挎包，熟练地挎在自己身上。

看肖逸宁拿出随身携带的发绳，为她拢好微微散乱的头发。

看肖逸宁把她拥进自己的怀里，轻轻吻上她的额头。

朦胧绰约的灯影将他和他们隔绝成两个世界，也隔绝开当下和曾经。

他知道，眼前的这个女孩，已经不再是他记忆中的沈冰清了。

可他找不到记忆中的沈冰清了。

他找不到那个她，见不到那个她，思念锥心蚀骨，让他煎熬难挨。

他没有办法,只能循着记忆中沈冰清的脚印,来见一见现在的沈冰清。

只是见一见。

只能见一见。

可短暂的相见并不能止住这蚀骨锥心的疼痛,反而将伤口再一次硬生生地残忍揭开。

他可以挪动脚步不去打扰她的生活,却无法挪动自己的心。

直到眼前的一双人影消失不见,他才终于离开了洗手间,给杨欢发了个消息,推开酒店大门,任夜里冰冷刺骨的寒风与他扑个满怀。

谢泽阳去便利店买了几罐啤酒,靠坐在江边桥下,一边喝酒一边发呆。

万籁俱寂的深夜里,街道上人迹罕至,只有隐约的歌声从远处飘来,是李荣浩的《年少有为》。

"假如我年少有为不自卑,懂得什么是珍贵……

"那些美梦,没给你我一生有愧。"

假如我年少有为不自卑。

沈清清,你是不是就不会走了?

广州这么大,可我找不到你了。

我再也找不到你了。

从广州飞回家,谢泽阳再次发起了高烧,持续一周反复不退,只好去医院输液。

医院里,他躺在病床上,看到病房里一个穿着校服的中学生正左手挂着水,右手写着作业。

恍惚中,他好像又看到了那个不安分的小女孩,笑眯眯地冲他挥手说:"班长你快看!我输着液还在写作业!实在是太勤奋了!"

"给加个分吧!"

"给加个分嘛,班长!"

他正恍神,看到妈妈拿着水和药走了过来。

"把药吃了。"谢妈妈说。

他接过药,就着温水把药咽了下去。

"病还没好就非要折腾,发烧烧了半个月,不怕烧傻了啊?"谢妈妈嗔怪他。

"见到清清了?"谢妈妈问。

"嗯。她……谈恋爱了。"他哑着嗓子说。

妈妈沉默许久,开口问:"那个男孩,人怎么样?"

"他很好。"

"难受了?"

"没有。"

"既然人家已经有男朋友了,咱们就别去打扰人家了。以后咱们看看身边儿,看看有没有合适的,你会喜欢的姑娘。"妈妈语重心长地说。

"会有吗?"他问。

"傻孩子,肯定会有的。"谢妈妈摸了摸他的头发,"你啊,就是开窍晚,还是个心里有什么事儿都闷着不说的性格。

"以后再遇到喜欢的女孩子,一定要学会主动,把你心里怎么想的全都告诉人家。

"知道吗?

"睡一会儿吧。"

谢泽阳缓缓闭上了眼睛,任由灼热的眼泪一滴滴滑过眼角,流进耳朵里。

迷迷糊糊间，他浑身发冷，蜷缩在被子里，做了一个很沉的梦。在梦里，他回到了高二那年，他瘸着腿背沈冰清去医院的那个雪天。

那天她被树枝划伤了脸，在电话里哭着问他，被树枝划伤脸会不会毁容，如果毁容了她该怎么办。

她哭得特别伤心，他在电话这端听着，心脏像被狠狠揪住，疼得他喘不过气。

在去找她的路上，他默默做了一个决定，一直没有机会对她说出口。

他想对她说，没关系，就算你真的毁容了，我也会一直陪着你。

我会从现在开始就一直陪着你。

我会陪在你身边，直到我们长大。

然后，等我们长大了，如果你愿意的话，我想娶你。

你知道吗，沈冰清？

无论你变成什么样子，我喜欢的人都只会是你。

我想一辈子照顾你。

病好之后，谢泽阳回到学校，和往常一样继续着每天三点一线的日子。

他依旧执着于每一门课的期末成绩和每一次活动的综测加分，疲惫到支撑不住的时候，他会点开相册，看一眼他保存下来的沈冰清站在北影校门前的那张照片。

他怀揣着一丝侥幸去争取专业里唯一的清华保研资格，就像怀揣着一丝侥幸去等待一个他和她之间或许还有一点点可能的未来。

午夜，他拎着电脑走出图书馆，踏在堆满积雪的路上，偶尔望见一起散步打闹的情侣，会有一瞬的恍惚，回忆起杨欢曾经说过的那些话。

情侣和普通同学的区别在哪里?

区别在于,情侣之间会更亲密,是日复一日朝夕相处的那种亲密,是随时随地可以牵手、拥抱、亲吻的那种亲密。

鬼使神差地,他拿出手机,点开了沈冰清的微博主页。

一条新的动态出现在主页的最上方:某人不在,今天放飞自我。

(PS:许愿把这些都吃完之后肚子不会疼……)

附图里有一排冷饮和好几支冰激凌。

评论区的第一条回复来自肖逸宁,是一个皱眉的猫猫头表情包。

第二条回复同样来自肖逸宁,是一个小朋友发火乱扔东西的表情包,表情包上的配文是:你要气死我吗?

他将目光移回照片上,默默凝视了许久,才终于想起飘雪的东北和炎热的广州之间的气候差异。

他好像和她存在于两个无法相交的平行世界里。

他按熄了屏幕,把手机放回羽绒服的口袋,仰头去看路灯下纷纷扬扬的落雪。

耳机里随机切换到一首歌,歌里的男声唱着:

"就忘了吧。"

"在那些和你错开的时间里,我骗过我自己,以为能忘了你。"

沈清清,我也曾经以为自己真的能够忘记你。

可回忆见缝插针,无孔不入,填满了时空里的每一分缝隙。

原来,我还是没能够骗得过自己。

我还是没有办法忘了你。

大四上学期,谢泽阳成功保研到了清华的物理系。

保研结束,他开始寻找公司实习。在招聘软件上筛选实习岗位时,他看到"目标城市"这一栏，指尖顿住，在搜索框里输入了"广州"。

广州的目标公司有很多。

他通过了简历筛选和线上面试，被一家待遇不错的公司聘用。

出发去广州前，他刷到她的微博，发现她的 IP 地址显示在上海。

她发微博说，自己人在上海拍戏。

于是他拒绝了广州的实习录取通知，开始重新挑选上海的实习公司。

妈妈说，既然她已经有男朋友了，那就不要再去打扰她。

他不知道就这样一直跟在她身后，算不算是一种打扰。

他默不作声，不联系她，不和她见面，就只是站在她身后静静地等，始终和她保持着一段安全距离。

一段名为肖逸宁的安全距离。

大四毕业，谢泽阳乘飞机去了趟 Z 大。

他混在人群里，想偷偷拍一张沈冰清的毕业照保存下来，却看到她在大家一起喊"茄子"时，没看向前方的镜头，而是仰头望向了身边的肖逸宁。她笑容明亮刺眼，肖逸宁双手扶着她的肩膀，上半身往她这边倾斜，眼神动作无不透露出两人的亲密无间。

人潮拥挤，身边有人撞到他的肩膀，他没站稳，手里的相机摔在了地上。

他慌乱蹲下身去捡相机镜头的碎片，不小心被人踩到手，手指被碎片刺破，血珠顺着伤口滴落。

"您没事吧？"踩到他的人连忙问。

他摇摇头："没事。"

"您这相机……"

"碎了。"他恍惚地回答,手上的伤口突然很疼,鼻尖酸涩,一滴眼泪落了下来。

他不知道自己落泪是因为伤口太疼,还是因为相机碎了。

这个相机,是高三那年她送给他的新年礼物。

不知不觉,他们竟然已经分别整整四年的时间了。

四年的时间不短,于他而言却似乎只是转瞬之间,现在和当时并没有什么不同。

唯一的不同大概是,沈冰清遇见了肖逸宁。

而他却依然被困在和她的回忆之中,每时每刻备受折磨,朝朝暮暮寸步难行。

沈冰清从大一时开始拍戏,陆陆续续去了各个不同的城市。谢泽阳一有时间就会去她正在拍戏的城市转转,走一遍她走过的路,看一遍她相机下的风景。

有好几次,都是和她的粉丝们一起。

她的粉丝们很喜欢她,叫她"宝贝女儿",总是夸她可爱。

每一次和她的粉丝在一起的时候,他都很想告诉她们:"她小时候也很可爱。"

他还想炫耀地问她们一句:"你们一定没见过十三岁的沈冰清吧?"

十三岁的沈冰清。初中时代的沈冰清。

十六岁的沈冰清。高中时代的沈冰清。

我全都见到过。

我中学时代的青春曾经被她完整占满。

可我没见到过大学时代的沈冰清。

更没见到过——和肖逸宁携手完成四年校园爱情长跑的沈冰清,和肖逸宁彼此相伴共度未来余生的沈冰清。

岁月如流,三年的读研时光顷刻而过。

研究生毕业后,谢泽阳去了北京的一家科技开发公司工作。

某天他打开朋友圈,突然看到许澄光转发的一封婚礼邀请函:表妹的婚礼,欢迎参加。

熟悉的名字蓦然进入他的眼帘,他指尖一顿,思绪陷入了停滞。

密密麻麻的刺痛毫无征兆地从他的心脏滋生蔓延,一路穿透他的喉咙、鼻腔和眼眶。他艰涩地眨了眨眼,几滴眼泪猝不及防砸落在手机屏幕上。

他反应了几秒,不明白为什么眼泪会先于思绪汹涌而出。

就像他同样不明白,为什么此刻他的胸腔会毫无规律地震颤,心脏渐渐痛如车碾,痛到他几乎想要立刻蜷缩起来。

可他还是克制着痛苦,点开了这封邀请函的封面链接。

照片里,身披白色婚纱的新娘笑得热烈明艳,像他记忆里的沈冰清,可偶然一恍神,他又觉得不像了。

记忆里的沈冰清,总喜欢把他的名字挂在嘴边。

一开始她喊他谢泽阳,后来她喜欢喊他班长。

再后来,她喊他"谢阳阳"。

她说,谢泽阳!你不要以为一个冰袋就可以收买我!

她说,班长!谢谢你!你真好!超级超级好!

她说,谢阳阳!你快把眼睛闭上,闭上眼睛就不害怕了!

她说,生日快乐呀!谢阳阳同学!最初的梦想,绝对会到达。

她说,我的愿望是,我希望谢阳阳所有的愿望都可以实现。

她说，谢阳阳，你会想我吗？

她说，谢阳阳，你伤得这么重还背我走这么远……你是傻子吗！

她说，谢阳阳，你相不相信我以后会变成大明星？你等我变成大明星哦！你等我！

她说，谢阳阳，等我们一起去了北京，我带你去南锣鼓巷玩儿，好不好？

……

他怔怔看着手机屏幕，双拳紧握，不自觉地红了眼。

他忽然意识到，记忆里的那个沈冰清，其实早就已经被他弄丢很久、很久了。

那个沈冰清不会再回来了。

她不会再回来找他了。

"谢阳阳，你等等我！"

"你每天都走那么快，总让我追着你跑，从来都不回头看我一眼！"

"你就不能跟着我一次吗？"

曾经，她总是这样问他。

现在的他其实很想问问她，这些年来，到底是谁在追着谁跑？

又到底是谁没再回头看过谁一眼？

在分别后的这七年里，他一直都在跟着她走。

七年的时间里，她没有回过一次家乡。他一路追寻着她的轨迹，陪着她抵达了一趟又一趟航班的目的地，和她一起去看了一道又一道相同的风景。

沈清清，这次我跟着你走了很久很久的路。

但我好像只能跟你到这里了。

你不让我再往前走了。

第二十五章 / 新婚快乐

"不妨把回忆和遗憾全都留给我。沈清清,新婚快乐。"
——谢泽阳的日记

谢泽阳在梦境中逐渐转醒,出租车已经抵达了高铁站。

这是他第一次踏上从北京到 L 市的高铁。

他在 L 市读了四年大学,又在北京读研三年。这七年里,他跟随沈冰清的脚步走过了无数座城市。她去过那么多城市,却唯独没有来过 L 市一次。

就像她说过自己最喜欢雪,却在整整七年的时间里,没有回东北看过一次雪。

她一定已经忘记了 L 市的海岸。

曾经,他们在岸边不小心跌倒拥抱,在流星划过夜空时,一起对着流星默默许下自己的心愿。

那年仲夏夜,他对着流星许下的心愿,终究没能够实现。

电影《清清》首场点映的地点在理工大学。

主办方给了谢泽阳一张观影票,座位在 VIP 席位的第一排。他和主办方申请换了票,把座位换到了最后一排的角落里。

从酒店出发前,许澄光给他发来消息,说自己托他帮忙捎过来的行李箱里有一个江萌的文件夹。江萌临时有急用，许澄光让他提前去一趟理工大学报告厅的休息室，把文件夹交给江萌。

他带着文件夹来到了报告厅所在的大楼。

一楼大厅里，他正想联系江萌，注意到身侧的大屏幕开始播放一个访谈。

是沈冰清的电影宣传专访。

"清清，想问问你的初恋是在什么时候？"主持人问道。

"从很小的时候就开始喜欢，喜欢了很久的人，算初恋吗？"她笑着问主持人。

"对方是个什么样的人呢？"主持人接着问。

"他是一个很优秀的人，是一个——无论我怎么努力，都没办法追上的人。"

她睫毛颤了颤，带着笑意继续说着："他还是一个——明明知道我追不上他，却永远不会停下脚步等我的人。"

"从你的描述中，我听出了暗恋的心酸。"主持人评价道。

他指尖顿在文件夹上，胸口剧烈起伏震颤，思绪恍惚混沌了许久，屏幕里沈冰清的模样渐渐有些看不真切。

"这部电影中校园部分的取景地在 L 市，听说当初是你和导演建议来 L 市拍摄的。L 市，是和那个少年有关吗？"

"嗯，他当时在理工大读大学。因为那时候我和他已经……快一年没见了。高三下学期他就保送到理工大了，半年没回过学校。"沈冰清笑了笑，"而且大家都知道的，广州离 L 市……很远。"

"所以你想借着拍摄电影的机会，来他的城市见见他？"主持人问。

"嗯。"

"那当时有和他见面吗？比如去联系他，或者去他的学校找他。"

沈冰清摇了摇头。

"我当时……不敢。"

"我当时连坐公交车路过理工大学，都要把头扭过去，不往窗外看。"

"不敢看，看了会很想哭。"

"抱歉先生！我不是故意撞到您的！您没事吧！"大厅里正搬运装修木材的小哥不小心从身后撞了谢泽阳一下，他没站稳，手里的文件夹啪地掉落在地上。

他神思恍惚，动作迟钝地弯下腰去捡，手指却突然抓不住东西，僵硬麻木得像是不听他的使唤。

"先生，给您！"小哥立即帮他将文件夹捡了起来。

他接过文件夹，无意间看到了里面掉落出来一个小小的日记本，扉页上用稚嫩的铅笔字写着"沈冰清"三个字。

几乎是下意识地，他抖着手将本子一页页地翻开。

第一页。

今天竞选班长，全班只有我没有投某人的票！没错，就是我最讨厌的谢某人！谁叫他天天跟老师举报我不写作业！

第二页。

他给了我一个冰袋。

第三页。

我给了他一根橘子味的棒棒糖，骗他说我最喜欢吃橘子糖了。他收了我的糖，但还是没有给我加分。

第四页。

今天体检抽完血，他也给了我一根橘子味的棒棒糖。

之前我说我喜欢吃橘子糖，是骗他的。

现在我好像开始喜欢吃橘子糖了，是真的。

第五页。

我发烧了,他打电话让他的妈妈送我去医院。

阿姨说,他的梦想是清华大学。

他真的好厉害。不知道为什么,我忽然有点难过。忽然,好想写作业。

第六页。

他说他想去实验中学,我偷偷许愿希望他考不上,但又偷偷改掉了。

希望他可以梦想成真。

我要开始努力学习了。

第七页。

我和我爸说我想转学,他不同意,我跟他大吵了一架。其实我也没有那么想转学,只是现在实验中学在县里的借读分数线太高了。

我好想去实验中学。

因为他。

第八页。

今天小明说,他不明白为什么明明我在班里没什么朋友,却还是舍不得转学,哭得惊天动地。

我也不知道。

可能是因为光光他俩语文都很差,我怕以后再也没有人教我语文了。

我怕我会很想他。

可我知道,他不会想我。

第九页。

今天美术老师留了一幅半命题画——《最_____的人》。我画了两幅，但只交给了老师一幅。我交给老师的那幅画，题目叫《最重要的人》。在那幅画里，我画了光光、小明、萌萌和吴阿姨。

另一幅画我没敢交给老师，因为这幅画的题目叫《最喜欢的人》。在这幅画里，我画了谢阳阳。

我只画了谢阳阳。

第十页。

谢阳阳，好久没见到你，我有点想你了。

虽然你那么讨厌，我转学那天，你连句再见都没和我说。

但我知道，我们一定会再见的。

如果到时候你还是不理我的话，我就再也不要理你了！

第十一页。

我终于又见到谢阳阳了。

他长高了，变得更瘦了。原来他穿市实验中学的校服这么好看。

他今天来我们班了。我好开心，可也好难过。

因为他不是来找我的。

第十二页。

小明把他的书法作品弄坏了，我不知道那个书法比赛有那么高的奖金。

我想自己写一幅参赛，然后把奖金给他，但我怎么写都写不好。

谢阳阳，对不起。

我不知道怎么去弥补愧疚，于是又偷偷在他妈妈的店里订鞋穿。我爸喝醉之后发现了，把我从家里赶出来了。

我在光光的超市住了一夜。

第十三页。

他今天把校服借给我穿了，还帮我绑了头发。

225

没想到他竟然会绑头发。

我没忍住哭了,因为他帮我拉校服拉链,就像我们做同桌的时候一样。

我忽然特别想对他说,我们和好吧,谢阳阳。

第十四页。

我今天在医院跟他吵架了。我不知道自己为什么会这么生气,可能是因为他说我自甘堕落。可能在他眼里,我一直都是这样的吧。

但我不想他这样想我。

一想到他这样想我,我就会特别特别难过。

第十五页。

我没有想到,他会带着腿伤自己来找我,还背我去医院。我忽然很想问问他,谢阳阳,你为什么要对我这么好?仅仅是因为作为班长的职责吗?还是,你其实有一点点喜欢我。

你喜欢我吗?谢阳阳?

我好喜欢你。一直都……好喜欢你。

第十六页。

我随口对他说,想要一罐糖纸上写满祝福语的橘子糖,他居然真的给我买了一罐,而且在每一张糖纸上都写了祝福语。

我一张一张地拆开看,看了一遍又一遍,不知道在期待什么。

可能是在期待,会有一张糖纸突然冒出来,上面写着"我喜欢你"。

我好期待会看到一张糖纸,上面写着:"清清,我喜欢你,一直都好喜欢你。"

然后我会对他说——谢阳阳,我也喜欢你,一直都好喜欢。

第十七页。

你知道吗?谢阳阳。北影的艺考分数线好高。但我不害怕,我们约好的，要一起去北京。我还要带你去南锣鼓巷玩儿，带你去吃吉事果。

第十八页。

我不知道你为什么不告诉我你保送了理工大。

我想听你给我一个解释。

可你没有给我解释。每一次你让我难过，你都没有给过我解释。

可能在你心里，我一直都是这样一个不重要的人吧。

可是为什么呢？

为什么我明明已经很努力了，你却还是永远都不肯等我。

我真的……已经很努力了。

第十九页。

谢泽阳，我以后不会再追着你跑了。

最后两页里，纸上沾满了泪渍，一些字迹被她的眼泪洇染模糊，分辨不清。

"现在提起你会有遗憾吗？"主持人问。

"早早就放下了……不遗憾。"

"那就好。在访谈的最后，我们节目组想和影迷朋友一起再次给你送上祝福。清清，新婚快乐。"

"谢谢。当时好多亲友没能来到婚礼现场，感谢所有记挂着我的朋友，无论是在现场，还是在远方。"

在沈冰清的话语声中，访谈结束，屏幕里响起了背景音乐。

"谢泽阳？"

沈冰清刚巧从屏幕对面的电梯里走出来，视线一抬见到谢泽阳，神情茫然，霎时愣在了原地。

"你……没事吧？"过了一会儿，她低声问道。

他还沉浸在过往的回忆里，侧头迎上她的目光，一时竟分不清梦境与现实，他咽了下喉咙，迟缓地摇了摇头。

"清清，下场通告来不及了！改天再叙旧！"经纪人在一旁催促她。

她向谢泽阳点头示意，然后匆促转身，被周围的工作人员推挤着向前走。

记忆忽然倒退到很多年以前，那个抱着书包跟在他身后紧追慢赶，喋喋不休喊着他谢阳阳的女孩再次闯入他的视线。

"谢阳阳！你相不相信我以后会变成大明星？"

"谢阳阳！我一定会成为一个大明星的！"

"等我以后当上了大明星，我是一定、一定、一定不会忘记你的！"

"你等我当上大明星哦！你等我！"

一楼大厅的玻璃旋转门外，无数举着灯牌和条幅的影迷将沈冰清的身影遮挡，应援口号的呼喊声整齐响亮，震撼人心。

他看着眼前人声鼎沸的壮观景象，没忍住开口喊她。

"大明星！"

沈冰清脚步顿住，怔怔转身。

"新婚快乐！"他安静地凝望着她，眼眶微微发热，抿起唇微笑着说。

新婚快乐，我的大明星。

似是恍惚了许久，沈冰清才缓过神，轻声对他说了一句："谢谢。"

她莞尔一笑，朝他挥手道别。

他还没来得及抬起手，她的身影便已经没入人海，消失不见。

他终究还是没能跟她说一声再见。

他依稀回忆起年少时，他们之间的每一次分别。

十三岁，巷口灯光下。

她笑容灿烂，挥着手对他说："班长，明天见！"

十七岁，仲夏夜海边。

她把脑袋从帐篷里探出来，弯着眼睛冲他喊："谢阳阳工程师，明天见！"

十八岁，窗外飘雪的市图书馆。

她抱着书回家，笑意荡漾在唇边："谢阳阳，明天见呀！我今晚的目标依然是学到十二点，我一定要比你更能'卷'！"

思绪伴随记忆飘远，他不由得想起了自己曾在网上看过的一段话。

有的人还生活在这个世界上，甚至你们就在同一个城市。

可你们就是再也见不到了。

如果还有机会，可以对曾经深爱过的人说一句话的话。

有一句我最想对这个人说，却再也不会有机会说出口的话。

不是我爱你，也不是我想你。

而是，明天见。

那个住在水晶城堡里的全世界最漂亮的小公主。

那个我心底永远最骄傲耀眼的大明星。

那个我曾经用尽整个青春唯一深爱过的女孩。

沈冰清。

愿你往后余生平安顺遂，健康快乐，再不忆起过往的缺口，只管拥抱今后幸福的人生。

愿你能够忘记那个曾经总是惹你伤心，让你讨厌的谢泽阳同学。

最后——

不妨把回忆和遗憾全都留给我。

沈清清，新婚快乐。

- 全文完 -

沈冰清番外 / 不可能的人

"我初恋喜欢的那个人,是一个很优秀的人。
他是一个无论我怎么努力,都没办法追上的人。
一个明明知道我追不上他,却永远不会停下脚步等我的人。"
　　　　　　　　　　——沈冰清的心声

"跟你说哦,我以前……有一个好喜欢的人。"
"是谁呀?"
"你认识的,咱们班同学。初中同学。"

"沈冰清,体育课别去上了!留在教室,把各科晨考全部重考一遍!
"班长,谢泽阳!你负责帮她检查批改,务必保证错题全部改完!"
体育课开始前,班主任扔下话,便匆匆走到走廊里组织同学们排队去操场上体育课。
空荡无声的教室里,沈冰清百无聊赖地用笔尖戳着铺满桌面的晨考卷,侧着脑袋偷偷打量坐在自己斜前方的班长谢泽阳。
他皮肤很白,眉目清秀,个子很高,校服永远干净整洁,一点褶皱都没有。难怪团委书记会在全班同学中一眼选中他,让他当校园活动的主持人,还让他在广播室当播音员。
他声音也很好听,特别有磁性,主持的时候有很浓的播音腔,除了……除了在他毫不留情地在夕会上宣读"每日未完成作业学生名单"

的时候。

她不明白,长着这么好看的一张脸,他每天到底是怎么面无表情地用最冰冷的语言说出"沈冰清没写作业"这句话的。

尤其是每次检查作业之前,在她差一点点就可以把作业补完的时候,他依旧会冷淡地扫她一眼,在检查本上写下"沈冰清作业未完成"一行大字。

"我讨厌谢泽阳,超级讨厌!"她曾经无数次在咬着笔杆补不完作业的时候气急败坏地大吼,建了一个名为"作业谁能写得完"的微信群,又把群聊名字改成了"打倒谢某人"。

几个小学时和她一起玩过的男生在群里问:用不用哥几个帮你收拾一下那小子?噚瑟什么啊,给咱们清姐整得这么暴躁。

沈冰清:明天放学,你们去帮我吓吓他!

沈冰清放狠话:明天放学我要起义!一定要打倒谢某人!

群聊里弹出了一条条回复,是齐辉他们发的表情包接龙。

[狗头]

[狗头][狗头]

[狗头][狗头][狗头]

沈冰清啪地将手机扔在了桌面上,继续崩溃地一头扎进作业堆里。

沈冰清没有想到,那几个男生居然真的对谢泽阳动了手,并且还很丢人地没有打过他。

她站在树荫下听他们抱怨,突然看见谢泽阳从不远处的药店里走了出来,又朝她走了过来。

他是来报复她的吧?

一定是吧?

还没等她思考明白,她的几个"好哥们儿"就已经逃得没影了。

什么人啊。

沈冰清硬着头皮应战,注意到谢泽阳突然抬起手,她连忙后退几步,正想和他打上一架,脸颊却被什么东西猛地一冰。

他把一个冰袋敷在了她的脸上。

不知道是不是因为冰袋太冰,有一瞬间,她觉得她的脑子也被冻住了。

"知道不是你的错,但动手打人不对。"他淡淡道,"只有幼稚的人才会用暴力解决问题。"

"你才幼稚!"她本能地反击,他却没再理她,转身离开了。

她垂头看着手里的冰袋,心里忽然有些温暖。

中午打完架之后,所有人都在问她知不知错。可他却说,他知道不是她的错。

他是第一个说她没有错的人。

第二天,班主任突然调换了座位,让他们成为同桌。

秉着"打不过就拉拢"的原则,沈冰清决定改变策略,努力讨好一下她这个新同桌。因为班主任在班会课上很明确地告诉了他们,班长的话就是"圣旨",尤其是在给他们加减分的时候。

她不想给自己的小组扣分。

她开始动用一切零食贿赂他,骗他说橘子糖特别好吃,她最喜欢吃橘子糖了。

他终于收下了她送给他的橘子糖。

于是在她眼里,橘子糖被赋予了无比重要的意义,成为他们之间握手言和的标志。

后来体检那天，她抽完血之后，他忽然像变戏法一样，变出了一支橘子糖送给她。

他说，橘子糖给橘子公主吃。

他叫她公主。

虽然她不知道为什么公主前面非要加上一个"橘子"。

但她还是很开心，美滋滋地把橘子糖含进了嘴里。

她才发现原来橘子糖这么好吃。

好像从那一刻开始，橘子糖真的变成了她最喜欢吃的东西。

在和谢泽阳相处的过程中，沈冰清渐渐发现，他其实真的是个很好的人。他只是不爱表达，也不太喜欢笑，所以给人的感觉总是冷冰冰的。

可他会在她不小心撕坏班级簿的时候撒谎帮她顶罪，把竞赛得奖的小橘子夜灯送给她，在发现她发烧的时候打电话让他的妈妈接她去医院。他还会绕远路给她买橘子糖吃，把自己的外套给她穿，帮她拉紧衣服拉链，把校服口袋借给她插，送她回家，在分别时对她说明天见。

不知不觉，她好像没有那么讨厌他了，甚至开始越来越喜欢和他待在一起。

她希望他每天都能开心，每天都多笑一笑。

她还希望，他所有的愿望都可以实现。

"遇见"奶茶店里，她问他最想去哪个高中，他回答说实验中学。

她不知道该怎么去描述自己听到这几个字时的心情。

她很想和他永远待在一起。

可她心里清楚，他想要去往的地方，她没有资格去。

于是在对着蜡烛许愿的时候,她偷偷许下了一个很自私的愿望。她希望他考不上实验中学,可以继续留在她身边。

可她很快就把这个愿望给改掉了。

像他那么优秀的人,就应该去往更高更远的地方,也应该事事如愿以偿。

她希望他可以实现他全部的梦想,而她会努力追上他。

她开始尝试努力学习,哪怕会被嘲笑,哪怕可能看不到效果,她都没有想过要放弃。

然而真正压垮她的最后一根稻草,是单艺迪写给谢泽阳的那封信。

她不愿意承认,她其实有点嫉妒单艺迪。尤其是每一次当齐辉拿单艺迪说事儿,故意讽刺挖苦她的时候。

可她是个很能装模作样的人。

她故意装作特别兴奋八卦的样子去掩饰自己心里的难过,却还是没有绷住,在他给她扣分的时候哭了鼻子。

他的笔尖没有划疼她,可是谢阳阳,你可以不要喜欢单艺迪吗?

我会很努力的,虽然我还不够好。

但我会努力的。

她开始别扭地和他冷战,带着奇奇怪怪的自尊心。有一天,她语文晨考没及格,语文老师让单艺迪留在辅导教室帮她过晨考。那天单艺迪一边往她的卷子上画红叉,一边说:"你知道谢泽阳最讨厌什么样的人吗?

"他最讨厌那种咋咋呼呼又不学无术的人。

"像你这样的人。"

沈冰清想否认说她不是这样的人,却被单艺迪一连串的问话怼了回去。

"你每科的练习册空了多少？古诗能背下来几首？考试有多少门不及格？

"像你这样的人，以后能考上高中吗？考不上高中你要去做什么？

"我和谢泽阳从小学开始就约好了要一起考实验中学，再一起考清华。他最喜欢物理专业，长大后是一定会留在大城市工作的，你明白吗？"

她不再说话了。

下课铃响时，单艺迪抱着书离开，她独自留在辅导教室，望着眼前空白的练习册和铺满红叉的试卷发呆。

单艺迪的话像一把利剑一样刺痛了她，让她越来越清醒地意识到，未来她和谢泽阳是一定会分开的。

他会把她甩得越来越远，远到她再也追不上。

可她不想和他分开。

她抹了把眼泪，翻开桌上的练习册开始做题，做着做着睡着了，被保安大叔锁在了辅导教室里。

夜里她痛经痛得厉害，却出不去。吴阿姨出门不在，根本不会有人来找她……她突然好想吴阿姨，好想……谢阳阳。

于是她只好忍着痛，默默地等天亮，拿起笔通过做题来转移注意力。

她好想做题，做好多好多的题。

她好想和他一起去市实验中学。

好想和他，永远在一起。

终于熬到天亮，保安大叔打开了门锁，沈冰清抱着书回到了教室。她趴了会儿桌子，发现谢泽阳来了，立刻坐起来，兴高采烈地向他炫耀自己昨晚学了多少东西，问他自己厉不厉害。

可他却没有理她。

没过一会儿，单艺迪来找他，他立刻起身走了。

好像在这一刻，她压抑了一整晚的委屈情绪才突然爆发，肚子也后知后觉地猛烈痛了起来。她趴回桌子上，鼻腔酸涩，眼泪止不住地从眼眶一滴滴滑落。

她讨厌单艺迪对她说的那些话。

她也讨厌谢泽阳。

她真的……好讨厌他们。

快下课的时候，他被团委老师叫去了办公室。课间萌萌来找她聊天，她吃了药，对萌萌说，她不想和他做同桌了。

和他做同桌，她不开心，一点都不开心。

转学去市一中，是沈冰清经过深思熟虑后做出的决定。市实验中学在县里的借读分数线很高，可在市里会低一点。

想考上市实验中学，这是她唯一的办法。

她跟爸爸软磨硬泡，爸爸终于答应了让她下学期转学去市一中。转学手续办好的那一刻，她的心里忽然空落落的。

傍晚放学后，她独自坐在空旷的教室里，偏头去看自己旁边的座位。

一尘不染的桌面上，练习册和笔记本被整齐地摞成一摞放在桌角。椅背上搭着一件纯白色运动外套，是他曾经借给她穿过的那件。

她双臂叠放在桌上，脸颊贴着手臂，静静注视着眼前这件白色外套。

她发烧那天，他的妈妈把这件外套穿在了她的身上。夜里从医院回家的路上，他给她戴上了外套的帽子，帮她把外套的拉链拉到了顶端。

眼里雾气氤氲，她忽然有点想哭。

原来他们也曾经离得那么近过。
她突然在想，如果她能更早一点遇见他就好了。
她一定会更早就开始努力。
就不用一定要现在和他分开了。

分别那天，她鼓起勇气，问他会不会想她。
他正在数班费，齐辉又突然跑过来打岔，他没有回答她。
那天丁峻明来学校接她，她站在教室前面哭，丁峻明隔着窗户扮鬼脸逗她开心。她被逗笑了，然而视线落到他的身上，发现他一直没抬头看她，她的鼻尖忽然又开始发酸。
原来还是难过。
好难过。
以前她每次难过的时候，丁峻明只要稍微逗逗她，她就能马上开心起来。
这是第一次，她发现，丁峻明救不了她。

来到市一中后，沈冰清并不会时常想起谢泽阳，只是某天在看到同桌手里的作品选上印着"谢泽阳"三个字时，她开始匆忙地去翻找被自己丢到一边的作品选，然后翻开他的文章所在的那一页，认认真真地读了起来。
第一次，她在翻看一本作文书的时候，无比清晰地感受到了自己的心跳。
后来，她把他发表文章的那一页撕了下来，装进了一个橘黄色的小箱子里。小箱子里放着一个小橘子夜灯、几支他送给她的橘子味棒棒糖，还有一沓他帮她修改过的各科晨考卷。

好久没有人这么细心地帮她修改过晨考卷了。

好久没有人在她不开心的时候,像变魔法一样突然变出一颗橘子糖给她了。

她好久没见到谢阳阳了。

某节美术课上,美术老师留了一幅半命题画,题目是《最_____的人》。

沈冰清潜意识想到了谢泽阳。

她拿起画笔,把书本堆放在桌角遮挡住周围人的视线,偷偷地按照记忆里他的模样,画完了这幅画。

最后,她在这幅画上写下了一个题目。

《最喜欢的人》。

然而让她没想到的是,就在快下课的时候,美术老师突然说要把这幅画收上来。

她急忙把画完的画藏进了书包里,拿出一张空白的画纸,思索片刻,画下了另一幅画,题目叫《最重要的人》。

在这幅画上,她画了光光、小明、萌萌和吴阿姨。

中考结束,她的成绩高出市里的借读分数线十几分,顺利被市实验中学录取。然后她听说,他的中考成绩是全市第一名。

市教育局的大门口,在看完自己的成绩后,她站在榜单前去看他的各科成绩,身后突然有一道刺耳的声音传了过来。

"沈冰清?"

单艺迪斜了她一眼:"你站错地方了吧?这儿的成绩是全市前十。你应该去最后一排。"

"我就站这儿怎么了？"她问。

"你占别人的地方了啊！"单艺迪不耐烦地吼道，"一点自知之明都没有！"

"迪迪，你还没看完吗？我看亮宇哥也来了，你要不要跟我一起过去？"符昕雅走到单艺迪身边说。

"你先走吧！"单艺迪犹豫道，"我还要帮我一个同学看……他让我帮他看的。"

符昕雅笑了："你要帮谁看啊？谢泽阳？"

"烦不烦啊你，快找你的亮宇哥去！"单艺迪嘴角噙着笑，摆摆手催促符昕雅说。

沈冰清没再说话，转过身离开。

假期快要结束时，分班信息公布，她被分在了高一（16）班。

萌萌和小明也被分在了十六班。

谢泽阳在一班，和光光一个班。

单艺迪也在一班。

她不知道为什么自己的脑子拐了几个弯之后，最后又落到了单艺迪身上。

可能是因为单艺迪嘲笑过她笨吧。

她没想到自己竟然会这么小心眼儿。

开学第一天，她和郭雪瑶上厕所回来，在教室门口打闹了一会儿。她没站稳，猝不及防撞上了一个人的胸膛。

然后，她抬眼看到了眼前的人，心跳倏地漏了一拍。

她看到了谢阳阳。

他长高了，头发剪短了些，皮肤还是那么白，眉眼深邃，五官利落，看上去还是那么冷冰冰的。

他穿着实验中学的校服，显得更好看了。

郭雪瑶主动和他打招呼，问他是来找谁的。

他说，他找江萌。

沈冰清朝教室里喊了一句"萌萌宝贝有人找"，然后擦着他的肩走进了教室。

她莫名有点难过。

或许是因为他不是来找她的。

可转念一想，他又为什么要来找她呢？

两年前，她转学离开的时候，他都没有抬头看她一眼。

两年过去了，估计他都快把她这个人是谁给忘了，又怎么可能特意来找她。

隔壁班有个叫方振铭的男生一直纠缠沈冰清。

某天早上，她来到教室，突然听见有人说，丁峻明把方振铭给叫走了。她心急如焚，小明这个人做事一向比她还要冲动，这才刚开学，如果小明因为她的事而背了处分，后果不堪设想。

她急忙跑过去找小明，发现小明在打架的过程中，不小心将谢泽阳用来参加书法比赛的作品弄脏了。

主任问他们是谁干的，她帮小明开脱，说是她干的。

就在主任说要找她家长的时候，她忽然听到他对主任说，算了。

他不追究，主任也没再坚持。

他转身就走，她站在他身后向他道歉，他没有理她。

早自习上，她被班主任派去办公室数卷子，无意间听见了办公室里两个老师的对话。

"你不知道吧？今年的全市中考状元，谢泽阳，那孩子是从县城考上来的。听说他家里挺困难的，刚申请完补助金。"

"是吗？我还真不知道，就感觉那孩子挺内向的，不爱说话。但很有礼貌，能看出来是个内秀的孩子。"

"我听徐姐说，他书法写得特别好。暑假那个中学生书法比赛，他还报名参加了呢！"

"哎，我刚听主任说，他参加书法比赛交上来的那幅字，被人给弄脏了。主任问我补交还来不来得及。"

"那个比赛是不是奖金挺高的，能有一两万呢？"

"是啊，也不知道谁给弄脏的。"

"好像是十六班那个……沈冰清。"

"太彪了这小姑娘。"

"谢泽阳怎么说？"

"他什么都没说。主任说要找沈冰清的家长，他还拦着主任不让呢！"

沈冰清心里不是滋味，想劝他重写一幅交上，可又知道他那个人倔得要命，一直在跟小明和她置气，估计不肯再重写。

她没办法，打算自己写一幅参赛，想着如果能得到奖金，就把奖金给他，却实在能力有限，没能成功。正好赶上开学和换季时间，于是她在他妈妈的鞋店里下单订了好几双鞋。

自从来到市里后，她经常会在他妈妈的鞋店里订鞋。她会把鞋送给吴阿姨穿，作为礼物送给光光和小明穿，她自己也会穿。

她每次订鞋都是线上下单，有时会和他的妈妈打字聊天。记得初中时，有一次她听到他的妈妈说，他最近状态不好，因为模拟考试成绩下降，他担心自己会考不上实验中学。

她对他的妈妈说他一定可以的。

因为他是谢阳阳。

那个在她心里永远最优秀、最厉害的谢阳阳。

开学典礼那天，她听说他腿受伤了，请假去了医院。第二天，她提前来到学校，想偷偷去一班把给他送的药放在座位上，却发现他已经在教室了。不止他在教室，光光和程勇也在。她站在门口，不好意思直接找他，只好假装来找光光。她想把手里的药给谢泽阳，可当她看到他的桌上摆放着满满当当的药、各种小礼物和写满字的便利贴的时候，她忽然觉得，还是算了。

他应该也不是很需要自己送的这瓶药。

于是她骗程勇说，这瓶药是她还给光光的。

很快到了艺术节，清晨，萌萌在来学校的路上出了意外，被符昕雅找来的混混截住了。她听说林老师为了帮萌萌，手掌被划伤了。她气得不行，去一班找符昕雅算账，把符昕雅拽进了女厕所。她的校服掉在了地上，发绳也被符昕雅扯掉了。不过最后她还是赢了，逼符昕雅去跟萌萌道了歉。看到萌萌有光光照顾，她去办公室看了林老师。走出办公室的时候，她迎面撞见了他。

她的第一反应，是觉得他知道了自己去找符昕雅打架的事，要来抓她去教导处认错。然而当他们听到有人说主任要来检查校服时，他却一把拉起她的手臂，带着她躲进了楼梯间。

她让他把她的校服还给她，他没肯答应，把自己身上的校服脱了下来，罩在了她的身上。

就这么怕我给学校丢人吗？她开口问他。

他没说话，只是伸手轻轻把她身上校服外套的拉链拉紧了些。

眼前的场景和初一那年冬天的某一幕重叠，那天她输完液从医院里走出来，身上也穿着他的外套，他也同样伸手把她身上外套的拉链拉紧了些。

鼻尖涌上酸涩，她忽然有点想哭。

她想把头发绑起来，却发现胳膊扭伤了。他拿着她的发绳走到她身后，帮她绑了一个丸子头。

他动作很轻，一点都没有弄疼她。她透过玻璃窗注视着他在自己身后细心专注的动作，鼻尖再次一酸，眼泪没忍住掉了下来。

她忽然好想对他说，谢阳阳，如果你不喜欢我的话，你以后可不可以不要再这样了？

我们继续当陌生人好不好？

因为我真的会好难过、好难过。

高一下学期开学，学校举办了一场春季篮球赛，第一场比赛是一班对十六班。

沈冰清站在篮球场外给班里的运动员们加油，视线却总是控制不住落在谢泽阳的身上。她正烦恼，突然看到他被一个男生撞倒了，右腿膝盖重重砸在了地上。

她记得他上次伤的也是右腿。

周围的同学们纷纷围上去，扶着他坐在了地上。他膝盖上的伤口鲜血淋漓，沾满了尘土和沙砾，一般人看到都会觉得恐怖，更何况他晕血。

她大脑一片空白，从拥挤的人群中硬生生挤出了一条路，迅速朝他飞奔过去。

"谢阳阳,你把眼睛闭上!"

"没事的!别怕!"她声音颤抖,像从前那样对他说道。

她正想查看他的伤势,却被迎面出现的单艺迪挡住了去路。

她和单艺迪吵了几句,被单艺迪推倒在地,手掌擦破了皮。他被同班的几个男生送去了医务室,单艺迪跟他们一起。

不知道为什么,她坐在地上呆呆望着他们的背影,忽然又想哭了。

明明她的手心也没那么疼。

回到教室里,丁峻明一边帮沈冰清处理伤口,一边没好气地骂她。

"谢泽阳受伤和你有关系吗?"丁峻明质问她道。

是啊,她想,和她有什么关系呢?

谢泽阳是一班的班长,是一班的同学跑到他身边扶起他,为他打抱不平,架着他去医务室的。就像现在,单艺迪还陪他一起待在医务室里。

她刚想到单艺迪,就看见单艺迪从教室门口朝她走了过来。

单艺迪说自己是来向她道歉的。

她抬头,看见他正站在教室门口。

腿伤得这么重,他还特意绕远路过来一趟,就是为了陪单艺迪吗?

她收回视线,接受了道歉,对单艺迪说,你们班同学还在门口等你。

高二上学期,一个周末的下午,沈冰清在职高门口等吴皓,恰巧碰见了谢泽阳和程勇。

他们要去学校做实验,程勇说要带她一起去,她下意识看了眼谢泽阳的反应。

见他没有想带她一起的意思，她便拒绝了。

他们走后，一群小混混找上了吴皓。

她不可能坐视不理，却没想到小混混带了刀。她在冲上去的时候，手臂被小混混划了一刀。

她也不知道自己为什么这么冲动。

或许是因为有一次，她和爸爸闹脾气离家出走，差点被一辆摩托车撞到，吴阿姨跑过来推开了她，自己却因为被撞伤而住了院。

如果有人重要到让她用生命去保护，那吴阿姨一定是其中之一。

而吴皓是吴阿姨心里最重要的人。

虽然吴皓一直说讨厌她，说她抢走了吴阿姨，可她早就已经把吴皓当成自己的弟弟了。

所以她没有多想，出于本能地去保护吴皓。

所幸她伤得不重，但伤口还是很疼。缝针的时候丁峻明一直在骂她，后来她疼哭了，丁峻明终于不说话了。

她不知道自己为什么会这么想哭，或许是因为自己的生活过得一团糟，莫名其妙挨了一刀。又或许是因为，她忽然想到了他。

她这样一团糟的生活，好像让她和他离得更远了。

许澄光赶来的时候，火急火燎地说："这一天都是什么事儿啊！我同桌做实验的时候摔碎了试管，碎玻璃把手划破了。他晕血，特别严重，刚刚直接送急诊了。"

"他在哪儿？"沈冰清立刻站起来问，疼得"嘶"了一声，被丁峻明按住坐下。

"在急诊室，已经脱离危险了。不过应该还得留病房待一会儿，再观察观察。"许澄光说。

"我想去看看他。"她说。

"你敢!"丁峻明吼道,"你要是敢去,咱俩现在就绝交,签协议断绝关系。我再和你说一句话我就是狗!"

"我去吧。"许澄光说,"我去给你缴费取药,然后再去看看他。"

"老丁,你照顾好她。"许澄光临走前说。

后来她还是想办法把许澄光和丁峻明支走了,偷偷跑去了谢泽阳的病房。看到他没在里面,她坐在走廊的长椅上默默地等。

见他回来了,她装模作样地清了下嗓子,对他说:"知道自己晕血还这么不注意。"

他却不领情,拉着她要她回病房。他手劲不大,却刚好碰到她手腕受伤的地方,她吃痛喊他,就这样和他吵了起来。

他说,沈冰清,人要是自甘堕落就没救了。

听到这句话的一瞬间,她心里忽然特别难过。

她不知道自己在他心里是这样的。

她拿起自己的小熊玩偶,用力砸在他的背上,抹着眼泪转身跑回了病房。

她发誓自己再也不要理他了。

没过多久,她代表学校去北京参加一个唱歌比赛,和他同坐一辆车。

他坐在她旁边的座位上,她一直没看他,也没有和他说话。

比赛结束当晚,她突然迷了路,四周没有路灯,她不小心撞到一棵树,脚崴了一下,脸也被划伤出了血。

她的第一反应是自己会不会毁容。

也是在这一瞬间,她想到了他。

她拨通了集训基地宿舍楼的电话,跟宿管说她找许澄光。她想,如果光光不在的话,她就找程勇来接她。

反正她是不会找谢泽阳的。

可她没有想到,偏偏是谢泽阳接的电话。

或许正因为是他接的电话,她本来没想哭的,却在听到他声音的一瞬间,眼泪忽地落了下来。

她听到他在电话另一端说,没事,别怕。

他说,他马上就过来找她。

她环抱着膝盖蜷缩在树下,心里一直在想,待会儿见到了他,自己能不能用围巾把脸遮住。

她不想让他看到她的脸被划伤的样子。

一定很难看。

可当他终于出现在自己面前的那一刻,她的眼泪忽然不受控制地再次涌了出来,她也早就忘了遮住自己的脸。

"别哭,"他说,"脸上有伤。"

他耐心地哄她:"我们现在去医院。不哭了,好不好?"

还从来没有人用这么温柔的语气对她说过话。

她忍不住更想哭了。

他把羽绒服脱下来给她穿,背着她去医院。她发他走路一瘸一拐的,从他的背上跳了下来,掀开他的裤脚去看他的腿,看到了膝盖上斑驳的伤痕和血迹。

她的眼泪唰地涌了出来。

傻子。

她在心里吼他。

她一边大声质问他怎么受的伤,一边止不住地哭。他伸手想帮她擦眼泪,却疼到了极点,在她怀里晕了过去。

后来，许澄光和程勇赶了过来，将他们送去了医院。医院里，她对他说，谢阳阳，等集训结束，我带你去一个地方吧。

集训结束那晚，刚好是平安夜。她带他来到了清华大学。

她总觉得，既然他们有机会来到北京，她是一定要带他来清华大学看看的。

因为这是他梦想中的地方。

她希望他可以实现自己的梦想。

她在清华的校门口给他拍了张照，把照片发给他后，她偷偷把这张照片保存进手机，给它命名为——"月亮"。

你知道吗，谢阳阳？

你一直都是我的榜样。

你和你的梦想，都是我心中最遥不可及的月亮。

高二下学期的暑假，他们一起去了L市做暑期社会实践。

深夜里，她临睡前，程勇拿着一部手机来找她，说班长的手机坏了，光光和萌萌没在，问她会不会修。

她接过手机，想起他的妈妈病了，如果这时候手机坏了，联系不上阿姨，他一定会很着急。

而且，他一定也会很愧疚吧。

想到这儿，她从帐篷里起身，想找到一个还在营业的可以修手机的地方，帮他把手机修好。

她以前来过一次L市，印象中，附近好像有一家通宵营业的手机维修店。她凭着记忆找，终于找到了这家店，成功修好了手机。

在她准备回去的时候，她发现他来找自己了。他冲过来抱了她一下，她的心跳猛地漏掉了一拍。

她让他给阿姨回个电话，又拉着他跑到海岸上看流星。

流星划过夜空时，她虔诚地望着流星，默默许下了自己的愿望。

亲爱的流星，你听得见我的心愿吗？

我喜欢谢阳阳。

我希望，谢阳阳也可以喜欢我。

我想和谢阳阳永远在一起。

我希望，我们可以岁岁年年，永不分别。

暑假里，她开始和他一起在市图书馆上自习。

每天早上他都会来得很早，帮她占好座位，给她买好早餐。

每天她的桌子上都会放着一颗他带给她的橘子糖。

偶尔学累了，她会侧着头趴在抱枕上，含着橘子糖，认真仔细地去打量他埋头做题时的模样。

他不穿校服的时候，喜欢白色或者灰色的衬衫，衬衫永远被熨烫得干净平整，没有一点污渍或褶皱。

恍惚间，透过眼前的少年，她好像又看到了记忆中那个十三岁小少年。

五年的时间一晃而过，她发现她的少年长大了好多。

未来呢？

她忽然很想看一看五年后的谢阳阳。

五年后，他们在读大学。

再五年后，他们毕业工作。

他会成为一个很厉害的工程师，而她会成为一个大明星。

她忽然好想跑到未来里去看一看。

去看一看，如果现在的她足够努力的话，是不是长大以后就可以拥有足够的底气站在他身边，变得跟他一样优秀耀眼。

"在想什么？"他停笔，看向她问。

"超市老板说橘子糖脱销了。"她岔开话题，"我听说隔壁市有卖一种玻璃罐装的橘子糖，估计没机会去买了。"

"先看书。"他说。

"知道了。"她下巴抵在抱枕上，闷声说道。

她没有想到，自己只是随口一说，他竟然真的去隔壁市给她买来了那种玻璃罐装的橘子糖，并且在每一张糖纸上都写下了一句祝福或鼓励她的话。

她一张接着一张地把糖纸打开，眼角有些湿润，侧过头偷偷看了他一眼。

他正在写字，注意到她的目光，笔尖顿住。

"怎么了？"他问。

她吸了下鼻子，摇摇头说："没事，就是突然特别想'卷'过你。"

他笑了，对她说："那你加油。"

"谢阳阳。"她喊他的名字。

"嗯？"

如果我已经很努力了，但还是追不上你的话，你会等等我吗？

还是，你会一个人先离开。

她沉默了很久，最后只是笑了笑说："我们一起加油。"

"好。"他说。

十二月，她去北京参加了艺考面试。考试回来的路上，她看到初中同学群里弹出了几条新消息。

同学1：咱班长保送理工大了，你们知道吗？

同学2：啊？不知道啊？啥时候的事？

同学1：就前段时间啊！一班的班主任，老徐，和我爸是同学。前几天老徐告诉我爸的。

她指尖倏地顿住，觉得自己一定是看错了。

要么就是他们乱说的。

什么班长，什么老徐。

她颤着手指点开了和程勇的聊天对话框，给他发了一条消息：在吗？想问你个事。

对方马上回复：在呢，啥事？

很简单的一条消息，她删删改改好几次才终于把字全打对，按下了发送键：谢泽阳是保送理工大了吗？

程勇：对啊。

她怔怔盯着程勇回复过来的两个字，一滴眼泪猝不及防掉落下来，打湿了手机屏幕。

程勇：咋了？

程勇：正想问你呢，你面试咋样啊？

程勇：？

程勇的消息不断发过来，屏幕上显示"程勇拍了拍你"。

没过多久，程勇的语音电话打了过来。

她匆忙按下挂断键，终于再忍不住，抱着手机泣不成声。

等到情绪平复，她抹干屏幕回复程勇：车上信号不好，回去和你说。

汽车到站后，她看到谢泽阳在车站外等她。

她仰头抑制了下眼泪，走到他面前，问他为什么要失约。

明明他们已经约好了。

明明她已经这么努力地在赴约了。

他为什么要一声不吭地丢下她一个人，让她像个傻子一样被蒙在鼓里？

她想让他给她一个解释。

她想听到他的解释。

可他没有给她解释，而是质问她："你能保证你一定能考上北影吗？"

她不知道自己为什么会这么难过。

为他不信任她而难过。

或许，他从来都没有信任过她吧。

不信任，不在意，和她做出的约定也不过是随口一说。

他有自己的考虑，会在合适的时候做出属于自己的决定。

他不觉得需要把这些决定告诉她。

他始终把她排斥在他的生活之外。

自始至终，他们之间所有的感情，都只不过是出于她自己的一厢情愿。

其实，早在五年前，她就已经开始一厢情愿了。

谢泽阳，原来你从来都不会等我。

不过没关系。

以后的我，再也不会追着你跑了。

那天她发了高烧，夜里在医院挂点滴，烧得昏昏沉沉。醒来时，她看到吴阿姨正坐在床边陪她，伸手给她擦眼泪，问她怎么哭了。

眼泪又一次汹涌而出，她哑着嗓子对吴阿姨说："阿姨，我有一个很喜欢的人，但他不喜欢我。"

"那咱们也不喜欢他了。"吴阿姨轻轻拨开她被汗水粘在额角的头发，"等以后上了大学，咱们看看身边儿，看看有没有合适的，你会喜欢的男孩子。"

"会有吗？"她问。

"傻孩子，肯定会有的。"吴阿姨说。

她缓缓闭上了眼睛，任由眼泪源源不断地从眼角渗出来。她在心里默默告诉自己，等读了大学，她一定要谈一场轰轰烈烈的恋爱，去喜欢一个很好很好的人。

一个不会一直让她追着跑的人。

一个愿意停下脚步等等她的人。

一个很爱很爱她的人。

高三下学期，她开始拼命地学习。他没再来过学校，她也努力让自己不再想起他。

高考结束，她被几所学校的艺术专业同时录取。

她的分数距离北影的录取线还是稍差了一点，她突然很想去南方，选择了广州的 Z 大。

十一假期，她去北京找江萌玩，在北影的校门口拍照打了卡。

不知道为什么，她心底憋着一口气，像是偏要向他证明，她是可以考上北影的。

他凭什么说她未必考得上。

深夜里,江萌的室友们约她去 KTV 一起唱歌,她喝了一整杯酒,窝在沙发的角落,借着酒劲悄悄对江萌说:"我跟你说噢,我告诉你一个秘密。

"我以前……有一个好喜欢的人。"

"是谁呀?"江萌比画着问。

"你认识的,咱们班同学。"她补充了一句,"初中同学。"

江萌陷入了沉默,许久后摸摸她的头,用手机代替嘴巴问:"他知道吗?你喜欢他?"

她摇了摇头。

"那你现在还喜欢他吗?"

她再次摇了摇头。

她说:"萌萌,你知道我是从什么时候开始喜欢他的吗?

"初一刚开学的时候。

"那个时候他在夕会上一开口说话就是'沈冰清作业没写',当时我就在想,这个世界上怎么会有这么讨厌的人!"

江萌笑了。

"但后来,和他做同桌之后,我发现他挺好的,比我想象中要好,他对我也很好。

"但他不喜欢我。"

江萌问:"你要不要问问他?"

"不要!不要告诉他。"她说,"因为我好累……我已经……不想再喜欢他了。"

那晚她断断续续给江萌讲了好多故事,握住江萌的手说:"萌萌,你不是说,你最近在写一个电影剧本嘛。如果我的故事可以给你灵感的话,你可以把它写进去……或许,等它真正变成了一个故事,我也就放下了。"

江萌点头:"好。"

"其实,我也一直有一个……好喜欢的人。"江萌忽然也用手机说起自己的心事。

"让我猜一猜!"沈冰清猛然抬头,"是不是夏亮宇?"她茫然道,"但你好像说过,不是夏亮宇……"

"不是他。"江萌笑了笑。

"那是谁啊?"她迷迷糊糊睡着了,没等到江萌的答案,只是隐约察觉到江萌在她的手心里,用指尖轻轻地画了一个图案。

是一弯月亮。

假期结束后,沈冰清回到学校,一边上课,一边不停进组试戏。

十二月初,一个跟她合作过的导演说准备拍一部青春暗恋题材的电影,问她有没有兴趣去试一下镜。

被通知试镜成功后,她终于拿到了完整的剧本,发现这个剧本的编剧是江萌。

电影的名字叫《清清》。

"也太巧了。"江萌知道后对她说,"我没想到会是你来演。"

"你要演吗?"江萌问。

沈冰清坚定地点头:"嗯,演完就放下。"

她不知道为什么自己已经下定决心说放下,却还是在导演提到想去东北拍摄,让她推荐一个城市时,向导演推荐了 L 市。

就像她同样不知道,为什么在拍戏休息的时间里,她明明坐公交车路过了好几次理工大学,却并没有下车去找他,甚至刻意把头扭过去不看窗外,连理工大学的校门究竟长什么样都不知道。

为什么一定是她先低头呢?

她想。

明明当初先放弃她的人是他,说狠话伤害她的人也是他。

如果他真的有哪怕一点点喜欢她、在意她,又怎么会一整年都没有再联系过她。

大学生活那么精彩丰富,他会遇到那么多优秀厉害的人。

他大概早就已经忘了她。

电影拍摄结束那晚,全剧组一起在理工大附近的一家酒店聚餐。

她正闷头喝酒,突然有人提议玩真心话大冒险游戏,好巧不巧,旋转的啤酒瓶第一轮就指向了她。

"我们随便报一个字母,你选一个姓氏是这个首字母的手机联系人打电话,问他现在能不能来接你。"

"那就……X!"有人说,"姓氏首字母是 X 的,你选一个!"

她无奈地打开了手机联系人名单,只看到了三个名字:远在国外的许澄光、同校同学肖逸宁,还有谢泽阳。

指尖停顿在"谢泽阳"三个字上,她失神了许久,终于还是挪开指尖,拨通了不太熟悉的同校同学"肖逸宁"的电话。

他刚巧来 L 市参加一个比赛,看他刚发的朋友圈,这时候他应该人在机场,正准备飞回广州。

"嗨!你好,我是沈冰清。"她拨通了电话,尴尬地问对面的人,"那个……你现在,方便来接一下我吗?"

肖逸宁顿了一下,开口说:"可以。你在哪儿?"

"不是吧?什么都不问就答应?"周围人难以置信,"这……居然这么轻松就过关了？"

"我们剧组在做游戏，打扰你啦，你快登机吧！一路顺风！"她不好意思地向他解释，然后迅速挂断了电话。

聚餐结束后，她没有回酒店，一个人拿了罐啤酒去海边看夜景。

海浪拍打着海岸，咸湿的气息扑面而来。

记忆退回到高二那年，她曾经在这片海岸对着流星许下自己的心愿。

她希望，自己可以和谢阳阳岁岁年年，永不分别。

浪花将回忆冲刷褪色。

原来流星并没有听到她的心愿。

一罐啤酒喝空，她正准备回去，肖逸宁突然出现在她身边。

"你怎么来了？"她惊讶地问。

"不是你问我能不能来接你？"肖逸宁反问她。

她无奈道："不是都说了我们在做游戏？"

"我知道。"肖逸宁说，"但我听你的声音，感觉你不太开心。所以我改签了。"

"你……"沈冰清有点不知道该怎么接话。

肖逸宁紧接着问："你为什么不开心？"

"突然想起了以前的一些……让自己不开心的人和事。"沈冰清抬眼望向深邃无际的海面，海风将她的长发吹得卷起，"它们就好像一根刺一样，扎在我心里很深的地方。我看不到这根刺，以为已经把它拔出来了。可偏偏有一些时候，它忽然又开始疼，告诉我它还在。

"可我就是找不到它在哪儿，所以无论如何都……拔不出它。"

"那就不拔了。"他说。

沈冰清一怔。

"拔不出来就不拔了，它疼它的，你开心你的。有些时候，你不去想它，它就不疼了。

"人生本来就应该像眼前的大海一样自由辽阔，你想去哪儿就去哪儿，想做什么就去做什么。

"一根刺算什么。"

沈冰清偏头看他，第一次格外认真地去打量眼前的男孩子。

他们在学期初加了微信，同宿舍的姐妹们说过他长得好、性格也好，她一直没太在意。

这是第一次，她从一个少年的身上感受到了成熟和通透。

以及……久违的温暖。

"你明天直接飞学校吗？"他问她，"有没有什么想去玩的地方？"

他接着说："我不太想回学校，你要是想出去玩，咱俩可以做个旅游搭子。"

"好！"她笑了，掏出手机，"我有好多想去玩的地方，让我计划一下旅行路线……"

她就这样和肖逸宁越来越熟悉，回到学校后，肖逸宁向她表白了。

答应他的表白，似乎是顺理成章的事。原因很简单，因为和他在一起的时候，她是真的很开心。

她去过那么多城市，发现自己最喜欢上海，于是告诉了他。他们约定好毕业后一起去上海工作和生活。

后来，他们把婚礼的地点也定在了上海。

她的婚礼办完，萌萌和光光也快结婚了。

光光回国后，她才知道原来萌萌喜欢的人一直是光光。而萌萌也在大学期间治好了应激障碍症，可以开口说话了。

"你怎么不早跟我说?我好帮帮你!"她心疼地对萌萌说,"干吗一直忍着不说,吃了这么多苦?"

她愤愤地说:"许澄光这个傻子,拖了这么久才回国找你,气死我了!"

江萌笑了:"在感情里,是一定要自己学会勇敢的。"

她顿了顿,认同道:"你说得没错。"

婚后过了一段时间,她在大一时拍的电影《清清》终于要上映了。这部电影因为一些原因拖了好几年,电影上映前,她接受了一家新闻媒体的专访。

主持人问她有没有初恋。

她想起了自己在少女时代的那段暗恋,玩笑般讲了出来。

后来,主持人问她会不会遗憾。

她说不遗憾。

年少时那场无疾而终的暗恋,不过是她自己一厢情愿的单恋。

彼此之间的双向奔赴才称得上真正意义上的爱情。

所以她不遗憾。

她没想过自己有朝一日会和谢泽阳重逢,更没想过他们重逢时的场景,是在理工大的放映厅外偶然遇见。

久违的面孔猝不及防出现在她的面前,沉睡多年的青春回忆突然被唤醒,如电影般一幕幕在脑海中重现。

只是时隔太久,曾经的镜头画面被太多新的记忆覆盖,播放出来的回忆若隐若现,让她很难再去看真切。

经年之后,她终于没办法脱口而出那句"谢阳阳"了。

经纪人催促她离开,粉丝们围在大厅门口等她上车。

匆忙临别之际,她听见他站在她身后对她喊:"大明星!新婚快乐!"

她笑了,转过身向他挥手道别。

她本以为自己在他心中的记忆早已模糊,没想到他竟然还记得,她的梦想是成为一个大明星。

听光光说,他在大四那年保研了清华,又在研究生毕业后,留在了北京的一家科技开发公司工作。

得知这个消息,她由衷地为他感到开心。

他终于实现了他全部的梦想,摘到了他心里那轮高悬天上的月亮。

那就再见啦,谢阳阳工程师。

那个我曾经在年少时深深喜欢过的少年。

那个我久久埋藏在心底不敢言说的"不可能的人"。

谢阳阳。

希望你可以早日找到一个你很喜欢的人。

希望你永远平安顺遂,幸福快乐。

希望你一生勇敢,一生坦荡。

最后——

希望你所愿皆能成真,事事如愿以偿。

谢泽阳番外 /若我年少有为

看完电影点映,谢泽阳约了江萌在附近的一家咖啡店见面。

"我不知道你把行李箱给捎过来了……"江萌试探着问他,"你……看到那本日记了?"

"嗯。"

"我有个问题一直想问你。"江萌顿了顿,开口问,"你喜欢过清清吗?"

"我特别想骗你说没有,"他扯起嘴角,苦笑了一下,"但我忽然又特别想对一个人说一次心里话。

"我不会把这些话告诉她了。

"也不会把这些话告诉任何人。

"所以我决定对你说。"他语气平静,让人听不出波澜,"我喜欢她,一直都很喜欢。这么多年来,我只喜欢过她。"

江萌愣住了:"我完全不知道……"

"所以,我是不是比你藏得厉害?"他笑了,调侃她,"毕竟你喜欢许澄光,我早就看出来了。"

她问:"在她艺考之前,你为什么没有告诉她你保送了理工大?还对她说了那些让她伤心的话?"

他说:"那时候……我家里出了点事,需要钱。

"加上当时模拟考试成绩不理想,理工大的保送名额下来,我觉得,这是我最好的选择。

"我不想和她说家里的那些事。

"也担心如果提前告诉了她自己保送的事,会影响她考试。

"所以口不择言了。

"当时的确是我先放弃她的。"

他眸光闪了闪,垂下了眼睫。

她问:"那后来呢?高考结束后,你有想过去找她吗?"

他说:"咱们出发去学校那天,在火车站,我犹豫了很久要不要上车去找她。后来看见她的车开了,我就骑车去追那辆车。

"但偏偏一路遇到的都是红灯,我没追上。

"所以我觉得,就这样算了吧。

"或许一切都是天意。"

"你有没有看过一部韩剧,名字叫《请回答1988》?"江萌说,"这部剧里面有一句台词:'搞怪的不是红绿灯,不是时机,而是我数不清的犹豫。'"

谢泽阳摇摇头,神情流露出苦涩。

她说:"我到北京之后,林老师请我吃了顿饭。她对我说了一句话,我印象特别深。

"她说,再勇敢一点吧,萌萌。

"因为勇敢是有期限的。"

谢泽阳抬眸望向她,嘴角扬起弧度:"嗯,所以特别为你和许澄光高兴。你们抓住了勇敢的有效期。"

"下一次，勇敢一点。"江萌看着他，认真对他说道。

"好。"谢泽阳答道，接着说，"许澄光说，让我带你去海边一趟。他提前飞过来了，说想陪你跨年。他没直接跟你说，估计是给你准备了惊喜。"

"服了他了。"江萌无奈，"刚下飞机就开始折腾，也不知道歇一会儿。"

"咱们走吧。"他笑笑说。

他们一起来到曾经来过的那片海岸，看到了许澄光、程勇、林老师和江萌的堂哥——江亦风。

"没想到过了这么多年，咱们几个还能重新聚在一起看海。"程勇望着月光下翻涌浮动的海浪，感慨道。

"在海边跨年，也挺浪漫的。"谢泽阳说。

"要是沈冰清也在就好了。"程勇突然开口。

"她人已经在上海了，估计现在正在陪公婆吃饭。"许澄光说。

"唉，好吧。那阳哥，咱俩相依为命……"程勇说着朝谢泽阳贴过来，手机铃声一响，他立刻动作一顿，激动地接通了电话。

"……你回L市了？"

"我和几个朋友在海边玩呢！你要不要过来？"

"我给你发个定位！"

"算了算了，太晚了不安全！你在哪儿？我马上去接你！"

"……"

"光光！"程勇冲许澄光喊，"我有个学妹想来和咱们一起跨年，我现在去接一下她啊！"

"去吧！去吧！"许澄光摆摆手。

程勇:"阳哥！L市你这么熟,难道没有想邀请来一起跨年的人？"

"没有,快去吧！"谢泽阳转头说道。

"不是我说你啊哥,你得主动点儿！我学妹正好是本地人,到时候让她帮忙给你介绍几个朋友认识一下！你等我哈！"程勇说完便忙不迭地跑开了。

海岸边,许澄光给他们每个人发了一根仙女棒,又帮他们将仙女棒点燃。

望着辽阔无际的海面,谢泽阳突然想对着大海发问,时至今日,自己是不是终于能够从回忆里走出去了？

也许会走出去。

也许永远不会走出去。

涛声阵阵,大海没有给他答案。

沙滩上,林老师和江亦风开始忙碌着为大家烤东西吃。

许澄光还在执着地追问江萌新的一年许了什么愿望。

有的人步入了凉爽适宜的秋天,有的人延续着蓬勃热烈的盛夏。

而有的人,手捧一束燃尽的烟花,仍旧停留在那个落雪的冬季。

但他觉得没关系。

如果人这一生只遇到过一次刻骨铭心的好时节。

那么一直停留在这个冬季,似乎也没什么不可以。

丁峻明番外 /以友之名

"你为什么不敢告诉沈冰清啊？你要是实在不敢，我可以帮你！"从小到大，许澄光不知对丁峻明说过多少次这句话。

"你要是敢轻举妄动，咱俩就绝交！"每一次，他都这样警告许澄光。

记忆中，丁峻明和沈冰清从小一起长大。很多大人说，他们两人打小就特别像。同样有不负责的家长，同样不爱学习，同样暴躁的性子，同样喜欢直来直往，什么事都藏不住。

小学六年级，父母要搬家去市里，他不想走，和爸妈大吵大闹。

后来爸妈说清清也会搬来市里，而且他们在同一片学区，未来一定会分到同一个初中。

他这才答应离开。

可爸妈是骗他的。

沈冰清一直没有搬来。

初中生活百无聊赖，好在许澄光和他在同一个班。许澄光是沈冰清的表哥，小时候沈冰清和他没少在许澄光家蹭饭，所以他们之间还算熟悉。

他总会貌似不经意地和许澄光聊起沈冰清的近况,抱怨沈冰清经常不回复他的消息。许澄光说,沈冰清说自己要好好学习了,很少看手机。

和沈冰清他俩不一样,许澄光一直是他们班的第一名,还立志要在中考时考全市第一,考上市实验中学。他就没见过像许澄光这么酷爱学习的人,渐渐也不想过多地去打扰许澄光。

日子就这么平平淡淡地过着,要说唯一一点儿波澜,无非是写不完作业被老师批评,或者在学校打架被叫家长。

他觉得没什么,偶尔被老师批得狠了,他会被赶出教室,在走廊里罚站。每次他在走廊罚站的时候,望着对面的玻璃窗,他会忽然想到今天沈冰清作业写没写,没写的话会不会被叫家长,她爸会不会骂她。

他打篮球的时候,会有女生来看他,还有女生当面向他表白过。

他尴尬地拒绝,心里却有点嘚瑟,忍不住发消息问沈冰清:什么时候来我们学校一趟?来看看你哥我打篮球,真的巨帅。

她回复:马上来,信不信?

他一愣,注意到沈冰清在他俩和许澄光的"今天吃点啥"三人群里发了一条消息:本公主!下学期!要转学去你们学校了!

他很是惊讶,一连问了好几个问题:

真的假的?

为啥突然转学?

你犯啥事了?!

沈冰清回复给他一个微笑表情。

"因为我想你了。"她发了条语音,拖着长音对他说,"朝思暮想,夜不成寐,思念成疾。"

没一会儿，许澄光在群里发送了两条消息：
……

要不我退群吧。

沈冰清一向嘴贫，丁峻明早就习惯了。然而这一刻，他却按捺不住内心的兴奋，立刻穿上外套跑出了家门。

他语音问她："你们哪天放假？"

她回复："明天。"

"OK，等我去接你。"

他一边给她发着消息，一边跑去了步行街，思索着明天去接她应该带点什么礼物，是不是还应该再买束花。

他站在运动品牌店门口给许澄光发语音消息："明天沈冰清放假，我接她过来玩啊。"

"OK，我和你一起去？"

"不用。你在家弄点烧烤？下午我去买食材，给你送过去。"

"行。"

"店里还有冰红茶吗？"

"不多了，最近没进货。"

"行，知道了。"

他又嘱咐许澄光："我下午买一箱，你明天下午冰镇上几瓶。一定要明天下午再冰镇，不然太冰她喝不了。"

他接她来市里这天，她兴致并不高，或许是因为还沉浸在分别的情绪里，一直不太开心。

他们吃完了烧烤，许澄光在店里收拾桌子，他陪她到河边吹风。

"小明，你知道吗？我有一个……特别讨厌的人。"她忽然对他说。

"谁啊？你们班的？"他问。

"嗯。"

"又是你之前说的，你那个烦人的同桌？"他急道，"他欺负你了？"

沈冰清点头，又摇了摇头，说话慢吞吞的："他没……欺负我。"

"那你为什么讨厌他？"

"因为……他不喜欢我。"

"干吗在乎他喜不喜欢你？你不是一向标榜自己全世界最酷，谁不喜欢你，你就不喜欢谁吗？"

沈冰清摇头："我不酷了。"

她低低重复了一遍："一点儿都不酷了。"

他呆呆地愣住了。

初三上学期，隔壁班一个男生给喜欢的女生写了封信，这个女孩竟然因此注意到了他，和他约好考同一个高中。

丁峻明忽然在想，自己好像还从来没给沈冰清写过信。

如果他也给她写一封信表白心意的话……

他想着，在自习课上翻了一张信纸出来，不假思索落了笔，却没敢写下称呼。

就当是练手吧，他告诉自己，反正也不一定现在就把信给她。

没准可以等中考以后，或者等他们上了高中？

反正就是练练。

练练而已。

他想着，提笔写了几句，许澄光突然在门口喊他，说班主任让他去办公室……

估计是老班又发现他作业没写了。

他心里一阵烦躁,把信纸扣了过去,起身去了年级办公室。

等他取了练习册打算回来补作业时,他发现沈冰清正站在他的座位前看那封信。

他顿时一颗心提到了嗓子眼儿,从来没这么紧张过。

"你怎么乱动我东西啊?"

"我路过不小心碰掉了,就给你捡起来了,万万没想到是封表白信……"沈冰清盯着他笑,"没想到啊……我们小明同学有心事了!"

她说:"老实交代!给哪个女生写的?"

"没给谁写!"他一把将信抢了回去。

"不告诉我!真不够意思!我都帮你找了好几个错字了!你如果告诉我她是谁的话,没准我还可以帮帮你!"

她撒娇地说:"你就告诉我吧!"

他心里忽然有点难过,又听见她问:"是关霓吗?"

关霓是他们学校的校花,有一次她在校门口被人截住,他看不过眼帮了她一把。那天之后,学校里开始有人乱传话,说他喜欢关霓。

他没说话,她却以为他不好意思开口,没说话是在默认。

她问:"真的啊?"

"那你写的这个肯定不行!关霓的语文成绩可是全年级第一!"她在他身旁坐了下来,拿过信纸,"我帮你改改,你参考参考!"

"别改了,我饿了。"他把信纸抢了回来,"吃饭,去不去?"

"去!走吧!"她说。

他们刚走出教学楼,就看见关霓正和许澄光站在一起。

"许澄光,我喜欢你。"

许澄光挠头:"对不起啊,谢谢!但是……我不早恋。"

"没事儿,没事儿。别看!别看!"沈冰清跑过来捂住他的眼睛,在他面前倒着走安慰他。

"你看着点儿路吧!别摔了!"他伸手去扯她的手。

"那你别难过!不然我不松手!"

"我不难过,真的。"他无奈道。

她这才露出放心的笑容,拍拍他的肩说:"那就好!"

他轻扯了下嘴角,心底漫开一片苦涩。

我怎么可能不难过。

可我为什么难过,沈冰清,你知道吗?

那天傍晚,他正要去球场打球,许澄光突然半路拦住他:"老丁,我不喜欢关霓啊,你可千万别误会!"

"我误会啥?和我有啥关系?"他拧眉问。

"沈冰清让我和你说一声,她说你喜欢关霓。"许澄光说。

"我不喜欢关霓。"他闷声道。

"我知道啊,你不是喜欢沈冰清吗?我真不明白她的脑回路是怎么长的,这点事都看不出来。"

"谁说我喜欢沈冰清?"他瞪着眼问许澄光。

"你不喜欢沈冰清?"许澄光疑惑不解,"你也不喜欢关霓……"

"那你到底喜欢谁啊?"

"我就非得喜欢谁吗?"他心中气恼,"我谁都不喜欢,不行吗?!"

中考结束后,他们一起来到了实验中学。

开学初,他为了教训方振铭,不小心弄脏了谢泽阳用来参加书法比赛的毛笔字。

市中考状元谢泽阳。

沈冰清的初中同桌谢泽阳。

沈冰清口中那个不喜欢她的、让她那样难过的谢泽阳。

主任问毛笔字是谁弄脏的，沈冰清帮他顶了罪。

后来，在许澄光的超市里，因为毛笔字的事，他和谢泽阳起了争执。

谢泽阳转身就走，他看到沈冰清盯着谢泽阳的背影看了很久。

那是他第一次看到，她盯着一个人的背影盯了那么久。

也是他第一次看到，她那么魂不守舍的样子。

其实应该不是第一次。

她第一次这样魂不守舍，是她初一转学那天。

他一直觉得，如果沈冰清只是把他当朋友，那么他也可以退一步，就只是作为一个好朋友，默默看着她幸福。

但她喜欢的那个人，必须能给她幸福。

谢泽阳不是那个人。

一个可以给她幸福的人，不应该一直让她伤心。

他讨厌谢泽阳永远一副冷冰冰的样子，不好好说话，目中无人，虽然许澄光跟他说过，是他对谢泽阳的误解太深。

程勇也说，谢泽阳其实是个很好的人。

真正让他对谢泽阳印象改观的一次，是他听说沈冰清去北京参加比赛那天划伤了脸，又扭到了脚。她没联系上许澄光，谢泽阳腿受着伤，却不管不顾地去找她，背她去医院，最后自己疼晕了过去。

那是他第一次觉得，谢泽阳会不会真的是一个值得她喜欢的人。

也是他第一次觉得，是不是她喜欢的人也刚好喜欢她。

高二那年暑假，他发现沈冰清不在家待着了，开始和谢泽阳一起去市图书馆上自习。

她问他要不要也去上自习，他摇头拒绝了。

那是她第一次语重心长地对他说："小明，我们聊聊吧。"

"聊什么？"他问。

"聊一聊我们未来想做什么，想成为什么样的人。再聊一聊，努力的意义。"

他第一次看到这样的沈冰清，沉稳，有韧劲，和以前完全不同，和某个人那么像。

他笑了，有一瞬间非常为她开心。

偶尔，他会和她一起学习。学得困了，他看到桌上刚好有一罐橘子糖，问她这罐糖能不能吃。

她一把将罐子抢了过去，把另外一个糖盒推给他，笑着说："这些都给你，随便吃。"

"突然不太想吃了。"他说，"吃这么多糖，你不怕牙坏了啊！"

"这罐糖不是吃的。"她宝贝地抱着怀里的橘子糖。

"谢泽阳给你的？"他问她，"他给你这么多糖干吗？"

"我学习了。"她把橘子糖小心翼翼地放回原位，没有回答他的问题。

他在一旁静静看着她，喉咙干涩发紧。

你们之间，究竟还有多少事儿是我不知道的？

我连你什么时候开始喜欢吃橘子糖了都不知道。

她艺考那天，他忽然收到消息，说她因为长期节食缺乏抵抗力，又挨了冻，夜里高烧不退。

他还听说，谢泽阳保送了理工大。

而她从程勇口中得知了这个消息，谢泽阳并没有主动告诉她。

他匆匆赶到医院，发现谢泽阳也在。

他把谢泽阳叫到了医院走廊，没忍住给了谢泽阳一拳。

他特别想问问谢泽阳，她每天和你待在一起，你为什么不多关心她一点？

她那么满心期待地想要和你一起去北京，那么努力地拼命学习，你为什么保送了理工大却不告诉她？

为什么？

明明只差一点，他就打算放心地把她交给谢泽阳了。

只差一点。

幸好，还差一点，还来得及。

"我不知道你喜不喜欢她。"他冷声对谢泽阳说，"但我想告诉你，你不配喜欢她。"

高考结束后，他留在市内读大学，沈冰清去了广州的Z大。

大一下学期，他听说她谈恋爱了。

有时候她会和他分享自己的恋爱日常，一开始他会耐着性子去听，后来他每次都岔开话题，甚至直接大喊一句"我求你了，你别再屠狗了"，然后挂断了语音通话。

他这样做的原因很简单，一开始他忍着不痛快去听她说，是想确认一下她这个男朋友到底是不是一个可靠的人。后来他确认完了，觉得自己没什么好不放心的了，也就不想再给自己找不痛快了。

时光匆匆流逝，大学毕业后的某天，她突然在群聊里发了条语音消息："两位亲爱的友友，宣布一个重大消息，我要结婚了！"

看到消息的这一刻，他愣了很久，又渐渐回过神来。

是啊，谈了这么久，是该结婚了。

"恭喜恭喜！"许澄光立刻回复。

沈冰清发语音说："他说放假陪我回家一趟。到时候我们去找你俩玩，你俩什么时候回家呀？"

"我七月末。"许澄光说。

"OK！"

"小明同学呢？呼叫小明同学……"

沈冰清在群里拍了拍他。

他定定看着手机屏幕，眼睛很酸，鼻子也酸，连呼吸都是酸的。

他不知道自己到底在酸些什么，只是察觉到自己的眼角忽然有点湿，伸手一摸，摸到了眼泪。

她结婚了，他竟然会哭。

你在哭什么？他问自己。

连表白你都没表白过。

你还好意思哭。

他想着，注意到手机屏幕上，她给他打来了语音电话。

他吸了下鼻子，按了接通键。

"你干吗呢？一直不回消息。"她问。

"啊？没干吗。"他压着鼻音说。

"你声音怎么回事儿？感冒了？"

"嗯，有点。"

"你吃药了吗？用不用我给你叫个美团送药？"

他沉默了许久，才回答说："吃了，放心吧。"

他补充道："没事儿，不用担心，我睡一觉就好了。"

"行，那你快好好休息吧！"她说。

"那个……恭喜啊，终于修成正果了。"他抹了把脸，"尽早把人带回来，见见亲友团。"

"知道啦！"她笑着问，"你什么时候回家？"

"和光光一样，也七月末。"

"OK，到时候我带他回来见你们。你快休息吧！争取感冒早点好！"

"好，挂了。"

沈冰清婚礼这天，他穿了一身黑色西装出席。

从小到大，他几乎没怎么穿过西装。

这是他第二次穿西装。

他恍惚记起了小学时的某天，他们俩要一起表演节目，需要提前在化妆间选衣服。老师特意强调了不让他们动后面衣柜里大人表演用的衣服，他们俩却偏偏都好奇心太强，偷偷跑过去打开了衣柜，看到了好几套悬挂整齐的西装和婚纱。

趁老师没注意，他偷偷把一件西装套在了身上，又帮她把白色头纱绑在了头发上。

"好看吗？"她问。

"好看。"他说，"要是带手机来就好了，我还能给你拍张照。"

他说着伸出手，用双手的食指和拇指比出一个方框，笑着对她喊："沈冰清！看镜头！"

她朝他看过来，他手指比着方框，说了声："咔嚓！"

"照完了！"他装模作样地对着"照片"夸赞，"特别美！"

"那我也给你照一张！"她被逗笑了，也伸出双手朝他比了个方框。

"小明。"她忽然对他说，"等以后我们长大了，一定要穿一次真正的婚纱和西装。"

"好。"他回答道。

大屏幕开始滚动播放沈冰清和肖逸宁七年里的相爱过往。

舞台中央，她身穿一袭白色婚纱，站在肖逸宁面前，听主持人让他们宣读誓词。

肖逸宁单膝跪地，手里举着婚戒，问她愿不愿意嫁给他。

她含泪点头，看肖逸宁为自己戴上婚戒。

台下的亲友们发出热烈的欢呼喝彩声。

她和肖逸宁在欢呼喝彩声中拥吻。

"小伙子，你是清清的什么人啊？"邻座的阿姨突然凑过来问他。

他顿了片刻，回答说："好友。

"我和她……是很好很好的朋友。"

从小到大，他们之间的距离从来没有变过。

没有进一步过，也没有退一步过。

他们是永远不会分开的好友。

所以今天，沈冰清。

我特意穿着西装出席你的婚礼，只为完成我们小时候的约定。

愿能以友之名，来祝福你的爱情。

新婚快乐，沈冰清。

作者后记 / 有缘再见

初次构思这样一个故事,是在两年前一个落雪的冬天。

那时《暗恋这件难过的小事》刚交稿不久,隆冬时节,家乡的街道热闹非凡,悬挂在路边的彩灯仿佛斑斓的新衣,装点着这座雪中的小城。

我穿着羽绒服走在街上,思绪仍然沉浸在刚写完的故事里,忽然觉得自己可以用书写故事的方式保留部分回忆,并将这个故事作为一部小说发表出版,的确是一次神奇的际遇。

年少时不够勇敢,长大后才会书写遗憾。

回到家后,我打开微博,刚好看到了一位读者妹妹分享给我的一句话,出自惊竹娇。

"你总是慢半拍,也不爱直白。所以你不坐第一班车,不一起看海,错峰说着爱。"

仿佛一下被戳中了心事,我盯着手机屏幕恍神了许久。

因为不够直白,因为总是慢半拍,所以太多爱意的传达被时间错开,让我们无法在感受爱的同时说出爱。

那一刻,我突然很想写一个故事来表达当时的心境,于是便有了这本书——《清清》。

楔子里，我引用了《慢冷》中的一句歌词。

"怎么先炽热的却先变冷了，慢热的却停不了还在沸腾着。"

内向慢热的人似乎更容易被一个外向热情的人打开心扉。

在这个故事里，沈冰清率先主动走进了谢泽阳的世界，让原本性格迥异的两人在她单纯热烈的靠近下产生交集，相互吸引。

沈冰清是先靠近的人，却也同样是先离开的人。

我时常会想，未必先炽热的就一定先变冷，也未必慢热的就一定更长情。

或许一段缘分的聚散，关键在于双方之间爱意的传达是否同频。

沈冰清更早一步选择了放下和离开，是因为她没有充分感受到对方的爱。而谢泽阳一直深爱着她，却没能在特定的时间里及时说出爱。

从另一个角度来看，沈冰清又何尝不是一直没能把爱说出口呢？

感情里的时差并非不能弥合跨越，只是缘分更眷顾勇敢者，而他们两个人偏偏都是胆小鬼。

于是彼此间蓬勃萌发的爱意就这样被胆怯和犹豫阻断了生长，变成了永远被埋藏在那个夏天的秘密。

当时光的齿轮转动，有人继续向前走，有人被困在了那个夏季。

就像《慢冷》中的另一句歌词写的那样——

"慢冷的人啊，会自我折磨。"

在《谢泽阳番外》里，我写下了一段谢泽阳和江萌的对话。

江萌对谢泽阳说，林絮告诉了她一句话："再勇敢一点吧，萌萌。因为勇敢是有期限的。"

"勇敢"是一次"青春限定"，有效期不过短短几年。

或许我们都知道自己应该勇敢。

而之所以会选择退缩犹豫至今，只是因为勇敢太难。

暗恋总是说不出口，一旦说出口便不再是暗恋。

为什么会说不出口呢？

因为它牵系着我们心中太多的自卑与胆怯，顾虑与无奈，和我们的性格、成长经历、生活环境有着千丝万缕的关联。

我写过四个发生在实验中学的暗恋故事，这四个故事中，有许许多多没能勇敢表达出自己心意的少年人。

每个人都有自己的苦衷。

透过他们，我看到了曾经的自己，也原谅了曾经的自己。

我深知勇敢太难，却也深知不够勇敢会多么遗憾。

也许，只要再勇敢一点点，那句"我喜欢你"就可以被对方听见。

希望我们都可以抓住勇敢的有效期，鼓起勇气去揭开这张"青春限定"的兑奖券。

最后我想说，特别感谢一直陪伴着我的读者朋友们。

谢谢你们光临了我心中隐秘的小角落，捧起一束荧光照亮了它，也照亮了我。

下一本书，准备写一写江萌和许澄光的故事。

期待我们在下个故事中有缘再见。

孟栀晚